ME HAS DADO TANTO

NOVELA ROMANTICA

OLIVIA SAINT

ÍNDICE

INTRODUCCIÓN

Este libro es una obra de ficción en su totalidad. Por favor tenga en cuenta que los nombres, personajes, lugares y hechos son producto de la imaginación del escritor, han sido utilizados de forma ficticia y no deben tomarse como hechos reales. Cualquier parecido con personas, vivas o muertas, eventos y acontecimientos, entidades u organizaciones son totalmente una mera casualidad.

Mis queridas lectoras, quiero agradecerles por todo el apoyo que me han brindado desde el comienzo durante todo este camino en la escritura.
También recuerda que esta novela es el fruto de mi imaginación creativa, más los relatos de una amiga mía muy íntima, así que Primero antes de todo, quiero dedicar esta novela a ella y a todos aquellos que aún están buscando su alma gemela.
¡Nunca te rindas! Ya la encontraras.
También puedes inscribirte a mi club de lectores más íntimos, donde comparto promociones, descuentos de mis libros y también puedes inscribirte para recibir copias de las novelas antes de que sean publicadas en Amazon.
No olvides que las reviews positivas me sirven de aliento para seguir adelante. Siento mucha curiosidad por escucharlas.
¡Muchas gracias!

EL HUECO DEL SOFÁ

Me mudé a este apartamento pensando que así sería mucho más fácil olvidarlo. Pensé que sería suficiente con unas paredes blancas para no recordar esas color amarillo yema, que deprimían a cualquiera; pensé que sería suficiente con un pasillo un poco más largo que aquel pedazo de suelo que me tenía acorralada de un lado para otro como a una gallina, y sin aquel sofá hundido debajo de él, donde se sentaba a incubar durante horas agarrado al mando de la Play. Pensé que sería suficiente –aunque él se hubiera marchado– si no hubiera tenido que contemplar ese hueco hundido en su parte del sofá. Pero aquí estoy yo, sin embargo, haciendo mi propio hueco, en mi propio sofá.

Bueno, no voy a mentir: no es mi sofá. Todo el piso es alquilado. Todo este cuchitril es de alguien cuya cara jamás he visto. Y no sé cómo será esa cara pero, muy probablemente, tendrá mejor aspecto que la mía. Imagino que llama a la puerta y que la abro. Gritaría asustada, o asustado. Y yo tendría que taparme los oídos y apretarme la cabeza y cerrar los ojos muy fuerte del dolor de esta resaca, porque ayer volví a beberme botella y media de vino yo sola. No, ni siquiera mi casera –o casero, o lo que quiera que sea– estaría orgullosa de mí.

Este sofá no es mío, ni esta mesa llena de migas de pan sobre la que tengo apoyados mis dos pies, pesados como el plomo. Enfoco la vista en los pedazos de esmalte que quedan a sus uñas y el televisor al fondo, encendido y en silencio, se vuelve borroso. Sus imágenes ahora son sólo nubes de colores, los colores de las luces de una feria envueltos en el humo de las freidoras de churros y butifarras. A diferencia de mí, él siempre quería ir a las fiestas de barrio, tan típicas de Barcelona como yo, decía él, "pero desde luego, con mucha más sangre en las venas". Quizá no tenía sentido pasar el resto de la vida juntos, y quizá tardamos demasiado en darnos cuenta, pero cuánto nos quisimos.

Me sumerjo en un recuerdo muy profundo y vuelvo a pasear con él de la mano, en pleno agosto, bajo las sombras de los decorados de las fiestas de Gracia. La cerveza nunca estaba fría del todo de tanto calor que hacía, y teníamos que volver a juntar nuestros labios para refrescarnos. Me acuerdo de la noria en lo alto de Sants y en sus ojos, brillando, las luces moradas y azules como en los ojos de un niño. Me sumerjo en sus ellos tanto que me salgo del recuerdo y, entonces, el televisor vuelve a quedar enfocado en mi retina, encendido y en silencio, y mis pies se vuelven otra vez borrosos. Me quedo mirando la tele con la boca medio abierta, no sé si esa gente que está sentada en el plató está riendo o está llorando, ni sé si lo hacen de verdad o de mentira. Puede que estén enfadados o llenos de ira, o puede que sientan ambas cosas a la vez.

Un escalofrío se me viene por los hombros hasta detrás de las orejas y apago la tele de golpe mientras encojo las rodillas y retiro los pies de la mesa. Gracias, vejiga, por levantarme una vez más de este infierno. Ojalá tus exigencias fueran tan elevadas como para evitar que me volviera a sentar, pero mi culo ya está de vuelta en su hueco cuando todavía suena el agua cayendo de la cisterna. Al hueco, por supuesto, no le ha dado tiempo de volver a su estado anterior, a la forma que tenía antes de que yo llegara a su vida. Y ya no creo que lo haga. Pobre sofá: lo he hundido conmigo.

Abro Instagram, evitando a todas ver a gente conocida. Le doy al buscador y empiezo a abrir publicaciones de desconocidos o de famosos, que me importan poco menos que un pimiento, de manera aleatoria. Esto sí es lo que yo quería, el auténtico e inigualable placer de la procrastinación, pero sin llegar al punto de que la telebasura te destroce el cerebro del todo. Nada de dolor, de soledad o de tormento, sólo videos de manos haciendo pizzas y bocadillos gigantes, trozos de pan reventando la yema de un huevo frito con patatas, bebés jugando con gatitos, hombres haciendo el caballito en bicicleta y chocando entre sí, koalas abrazando otros koalas, TikToks de adolescentes de cuarenta y dos años recreando escenas de películas. Algunos lo hacen genial, otros son tan ridículos que casi se hacen insoportables. Yo por mi parte, puedo estar así más de una hora, sin hacer nada más que eso, si es que eso puede ser considerado "hacer algo".

En la parte superior de la pantalla de mi móvil entra una llamada de Sonia. La corto deslizando hacia un lado porque me tapa y no me deja ver unas enormes lianas de queso que se extienden desprendiéndose de una pizza cuando le arrancan un pedazo. Recién salida del horno. Vuelve a entrar otra llamada. Vuelvo a deslizar. Lianas de queso en bucle a cámara lenta. Intento convencerme de que esto es menos dañino que la tele. Sé que es absurdo dejar a alguien deprimido para acabar deprimida tú también, pero quiero creer que esto es sólo una fase. En algún momento tendrá que parar, pero sé que aún no es el momento. Ahora sólo pienso en que quiero comerme una pizza. No pienso, claro: deseo. Deseo comerme una pizza. Y ojalá mis deseos se hiciesen realidad, así sin más, porque no tengo un duro. ¿Qué voy a tener si casi todo lo que me pagan en las prácticas va directo al bolsillo de mi casero enmascarado?

Desde que rompimos, hace casi un mes, estoy profundamente deprimida. Y no sé cómo ni cuándo saldré de esta situación. No siento prisa por salir, me siento protegida en este ritmo solitario, en este bucle. Los fines de semana siguen siendo la mejor parte, aunque no son fines de semana dignos. Yo no salgo los viernes, ni los sábados, ni los domingos. No me voy de copas, no voy al cine, no salgo a pasear. No me apetece ni un poco. El exterior me resulta hostil y sólo acudo a él por necesidad, para hacer la compra o para ir al trabajo. Al "trabajo".

De alguna manera, sé que las cosas han sido y están siendo como tienen que ser y en ningún momento he pretendido volver a lo anterior. Pero cualquier lugar se me hace raro sin su compañía. Ni siquiera tengo un gato a quien dirigir algún comentario desesperado, por recibir un maullido de incomprensión. A veces mi boca se abre como para decir algo, pero entonces me doy cuenta de que él no va a escucharme y de que no obtendré su respuesta. Porque ni él está aquí ya, ni ésta es nuestra casa. Así que me freno en seco y la boca se me llena de un aire desagradable. Para evitar este sufrimiento contraproducente e innecesario, mi cerebro, inteligente, se esfuerza por no pensar más de lo mínimo.

Por otro lado, si saliera a hablar con humanos, como una humana normal, tendría que abordar cualquier tema de conversación y no me veo capaz de hacerlo. No estoy preparada para darme cuenta del todo de que estoy empezando a hacer cosas sin él, y de que todo ha cambiado. Me da miedo una vida nueva y desconocida. No tendría cosas que contar, más allá de mi reciente ruptura, no hay nada más que me importe. Y, precisamente por eso, no tengo nada que escuchar. Si pienso en la idea de una conversación distendida sobre temas de actualidad o sobre las banalidades de las personas felices, el momento se me antoja una pesadilla. Nada me interesa. Nada tiene sentido ahora mismo en este estado. Así que, para evitar este sufrimiento innecesario, yo, inteligente, me esfuerzo por no relacionarme con nadie, en la medida de lo posible.

Prefiero quedarme aquí, metida en este piso, sola, con mis movimientos lentos y a mi propio ritmo. Mirar sólo a donde tenga que mirar, en el sentido más práctico, cerrar los ojos si no quiero ver lo que estoy viendo, hasta que esa imagen que me hace daño desaparezca.

EL ABISMO

Sonia, te llamo ahora, ¿vale? Vengo reventada del trabajo y estaba a punto de salir a hacer la compra. Como me entretenga me cierran el súper y, además, si me siento en el sofá luego me va a costar levantarme.

–Okey, okey, tranquila.

–Es que, además, no tengo nada, ni para cenar. Y me muero de hambre. Me voy a tener que comer un bocadillo de pan con pan, si no, porque es que no tengo ni…

–¡Tía, ¡qué pesada, que vale!

–Ahora te llamo– cuelgo.

Mi amiga me odia, pero es que no doy más de mí. Bueno, es un decir, por supuesto que no me odia. Pero ahora mismo le doy muchísima rabia, eso seguro. Últimamente me estoy comportando como la típica amiga en plena ruptura que, o está triste, o está antipática y a la que, encima, tienes que aguantar porque, le digas lo que le digas, le entra por un oído y le sale por el otro… Pero es que no consigo sacar el tiempo para otra cosa más que para estar triste o antipática. Necesito canalizar toda la mierda por alguna parte, eso seguro. Así que, *sorry not sorry*. Y, sinceramente, vengo cansadísima de trabajar. Que lo llaman prácticas, pero es un trabajo. Sólo que peor pagado todavía que un trabajo como tal. Diría que me pagan lo justo como para que siga viva y pueda seguir yendo a la oficina. Esto me suena a algo… ¡ah sí! A la construcción de las pirámides de Egipto.

Y encima tengo que ir a hacer la compra, como si hacer la compra fuera divertido. Como si pudiera considerarse eso tiempo libre. Y, además de eso, lo duro de soltar pasta cuando vives rozando los umbrales de pobreza en tu país. Incluso cuando sueltas dos duros por una mísera ensalada, un trozo de brócoli y dos zanahorias, te dan ganas de llorar. Sinceramente: a veces me compro un aguacate y me siento como la Presley.

En la cola para pagar, el tiempo desaparece de mi conciencia mientras dejo la mirada perdida y fija sobre unos chicles colocados en un stand como las teclas de un piano. Creo que, que el mundo es un lugar triste, se puede ver sólo observando una fila de humanos en la caja de un súper. Todos agarrando sus carritos llenos de plásticos con cara de idiotas.

–Siguiente… ¡Hola! – De repente la cajera me despierta.

–¡Hola! – le contesto, intentando que parezca que no me avergüenza que me haya pillado embobada y demostrando que para mí, en la vida, hay cosas más importantes que este vergonzoso instante.

–¿Hasta aquí? – me pregunta mientras, con una mano, termina de pasar por el láser el último artículo y, con el índice de la otra, se dirige a pulsar el botón que cerrará la cuenta.

–Sí, sólo esto, ¿cuánto es? – ella conoce bastante bien los últimos acontecimientos de mi vida. Lo sé y ella sabe que lo sé. Conoce exactamente la historia correspondiente a los últimos cuatro años. O, al menos, el acontecimiento clave y definitivo que ha marcado la diferencia, y por el cual me mira y trata con tanta compasión implícita.

Antonio y yo nos mudamos juntos a Barcelona en el verano de 2016, cuando ya los dos habíamos terminado la universidad. Nos conocimos en el metro durante nuestro primer año de carrera y enseguida nos hicimos amigos. Él estudiaba física y yo arquitectura. Ambos somos de Badalona y ambos cogíamos la línea morada hasta llegar a Paral·lel y, allí, hacíamos transbordo con la verde, que nos llevaba hasta Zona Universitaria. Cada día. O casi cada día, porque no siempre nos coincidían los horarios de clase. De todas formas, al poco tiempo de conocernos ya hacíamos por ponernos de acuerdo para viajar juntos.

La atracción física no fue lo primero, o lo más evidente al principio, entre nosotros. Pero irremediablemente llegó. Y, después de unos años, pasamos de vivir en casa de nuestros padres, a vivir en pareja. Yo me sentía plenamente feliz, pero aquello fue algo que no paré de repetirme a mí misma y en silencio a lo largo de todos esos años: nunca viví la experiencia de vivir sola, con amigas. Lo he pasado bien, pero siempre sabiendo que no estaba siendo lo mismo. Esta vida te exige tener que serlo todo y, sin embargo, en aquel momento, yo sólo quería esa paz, la paz de estar con Antonio. Aquel cambio nos daría el estímulo que tanto habíamos deseado cuando vivíamos con nuestra familia.

Barcelona ha crecido tanto en tan pocas décadas que se puede llegar a ella fácilmente en metro, desde Badalona. Y, aunque viviendo allí estuviéramos dentro de la misma área metropolitana, nosotros preferíamos estar aquí, en esta ciudad maravillosa. A Antonio le interesaba, como a mucha gente, porque a nivel laboral ofrecía muchas más oportunidades y había que estar al tanto constantemente, por si alguna aparecía. Le gustaba salir de vez en cuando, pero no amaba como yo el estar aquí por tenerlo todo a mano: los museos, las terrazas, los teatros, las tiendas, la arquitectura. No amaba, como yo, el movimiento y el jaleo de la rutina de una gran ciudad. Puede que al final no tuviéramos tanto en común, y ahora es cuando empiezo a darme cuenta de esto, sin el miedo que antes tenía, cuando aún no me había ido de nosotros.

Como todo al final en la vida, nada es tan idílico como lo es el deseo. Avanzamos hacia aquello que buscamos para quedarnos en el camino, y ahí vivimos, como en una cinta de correr de las de gimnasio, erguidos, caminando con cara de póker, observando nuestro propio horizonte. Qué imagen absurda, desde luego. La última vez que nos vimos fue el pasado 25 de octubre.

Era un viernes y yo volvía de trabajar súper cansada, deseando llegar a casa, cenar y no hacer nada. Siempre me había buscado la vida en el mundo de la hostelería y, cuando por fin encontré algo "de lo mío" (así se dice, aunque no sea lo mío en absoluto ser una esclava), me sentía engañada. Y engañada sigo, pero a la vez manteniendo la ilusión, ya que, si estoy soportando todos estos meses, es porque sé que al final obtendré algo importante. Me dirijo a un objetivo y eso, entonces, me salvaba de todo lo demás. Todo lo demás que aún así se iba acumulando bajo la alfombra del salón de un pequeño piso en l'Eixample Esquerra, cerca de la parada de metro de Urgell.

Volvía caminando desde más allá de Diagonal. Llevaba más de treinta minutos caminando. Yo disfruto a pie y voy bastante rápido, así que ni se me pasó por la cabeza coger el metro, a pesar de lo cansada que estaba. Era una de esos viernes que sales del trabajo hecha polvo, pero con la energía justa para romper el sofá del gusto, con esas ganas de saborear el descanso y de no pensar en nada, así que lo último que quería era meterme en un vagón lleno de gente con cara de mochila llena de portátiles y tapers sucios del almuerzo.

Sant Antoni era un buen barrio, muy céntrico, muy neutro, en linde con otros barrios diferentes: tenía El Raval pegado justo a uno de sus costados y la Gran Vía separándolo del resto de la gran cuadrícula. Cuando sí que regresaba en metro, me gustaba aparecer en la superficie de esa gran avenida y ver la gente caminando, unos más rápido, otros más despacio, muchos sentados en las terrazas tomando una cerveza y unas bravas después de trabajar.

Abrí la puerta de casa mientras la del ascensor se cerraba detrás de mí. Al otro lado de la pequeña entrada todo estaba a oscuras y, Antonio, sentado en el sofá enganchado a un videojuego. Dejé que la puerta se cerrara con la fuerza de mi enfado y fui directa al balcón para abrirlo de par en par y levantar las persianas.

–Elia– se paró unos segundos después de decir mi nombre y continuó –estamos en octubre, ya hace frío.

–Antonio, ni octubre es invierno ni esta es la casa de Drácula–. No quería ni mirarlo y me quedé de cara al pedazo de ciudad que podía verse desde nuestro sexto piso – ¡Todavía, claro…!

–Pero, ¿qué te pasa?, ¿estás bien? –. Aún tenía el mando en la mano y los pies sobre la mesa. –¿Te ha pasado algo en el trabajo?

Respiré hondo y me giré sobre mis talones. Dejé la cartera del trabajo con el bolso sobre una silla y, al pasar por la cocina, vi de reojo la sombra de un montón de platos sin fregar sobresaliendo de la pila. "No quiero cocinar, no quiero fregar más platos. No pienso fregar siquiera esos. No puedo", pensaba mientras entraba en el dormitorio y me dejaba caer sobre la cama como un saco de patatas. No me había quitado ni la chaqueta ni los zapatos. Ni podía moverme ni las lágrimas eran capaces de escapar de mis ojos. Sentía todo el rostro tenso, desde los lacrimales hasta la nuca, y el resto de mí, relajado, se hundía y se perdía en la nada.

Aún recuerdo perfectamente la sensación en mi cuerpo cuando él se tumbó sobre mi espalda. Todo su peso con el mío se fundió entre las plumas del edredón, que no eran más que aire blanco. La imagen de nosotros, oscuros y pesados asfixiando las nubes, aún era ignorada por mí, que sentía el calor de una casa protectora, y aún un deseo que se había acumulado en mi cuerpo, al acostumbrarse a una rutina en la que ya apenas nos tocábamos. Mis manos, extendidas a lo largo de mis caderas se encontraron con las suyas, como las cucharas en el cajón de los cubiertos. Y sentir el calor de su respiración en el cuello me devolvió una tensión olvidada a los muslos, que me subió como un escalofrío hasta los hombros. Sus besos por el pelo, detrás las orejas, me aceleraron hasta el punto de cerrar con fuerza mis puños sobre los suyos.

–No me gusta que estés triste, Elia. – me dijo suavemente al oído, con su voz caliente– El tiempo en casa deberíamos pasarlo juntos, así. Deberías intentar olvidarte del trabajo en tus horas libres. Verás que todo saldrá bien…

De repente me guardé la excitación con rabia (dudé unos segundos, pero tenía que hacerlo) y forcejeé con su cuerpo hasta conseguir salir de él como de una manta muy pesada.

–Elia…

–¿Me estás diciendo que es mi problema que yo esté como estoy? – Se quedó mirándome, sentado en la cama sin atreverse a hablar– ¿De verdad no tienes ninguna idea de lo que me pasa? ¿De verdad no te he contado nunca qué problema tenemos bajo este techo, entre estas paredes, tú y yo y nadie más? No me lo puedo cr...

–¡Qué problema tenemos! ¡No, no, no, no sé qué problema...

–¡Tú, eres el problema! – Los dos nos quedamos callados, mirándonos. No me gustaba haberle dicho eso, me sentía fatal. Quería cuidarlo, en lugar de hacerle daño. Me senté a su lado mirando al suelo y le agarré la mano– No puedo seguir viviendo con alguien que parece que no tiene ganas de vivir, necesito que hagas algo con tu vida...

–No tienes ni idea de lo que es encontrarte cada día en esta situación de incertidumbre, que te rechacen en las pocas vacantes que encuentras, tener que levantar tu autoestima cada mañana.

–¿Que yo no tengo ni idea? Antonio, gran parte de las personas de nuestra edad, incluida yo, estamos o hemos pasado por una situación difícil. A nuestros abuelos les tocó la guerra, a nosotros esto. Y, cuando tenemos un poco de estabilidad, vivimos sabiendo que, probablemente, en cualquier momento volvamos a la situación de antes.

–Tu situación no es la misma que la mía.

–No, por supuesto que no. Yo trabajé en bares y busqué cada día. Yo me esforcé y miré hacia un objetivo para que mi vida tuviera un sentido... Y lo sigo haciendo.

–¿Y yo no? Estoy harto de trabajar en bares y ser un esclavo. ¡Algún día tenía que dejar eso si quería encontrar otra cosa! – Volvemos a enfadarnos y de nuevo hay un abismo entre nosotros. Siento vértigo y, como quien se arranca un preciado vestido que le asfixia aun sabiendo que puede romperlo, seguí elevando la voz.

–¡Pues igual deberías aguantar un poco más! ¡Que está cansado dice! ¿Estás cansado de jugar a los videojuegos mientras la cocina se convierte en un zoológico? ¡Vas a agujerear el sofá, joder!

–¡Ahhhh, eso es lo que te molesta, los videojuegos!¡Menuda gilipollez! ¡¿Te digo yo algo de tus pintas y colorea? ¿Eso no es para reírse?!

–Mira, listo, mis pintas y colorea se llaman, en realidad, mándalas. ¡Y me dan mucha paz! ¡¡De hecho deberías agradecerles que hasta hoy no te haya mandado a la mierda!!

–Ah, ¿me estás mandando a la mierda?

–¡Pues igual debería! – grité por última vez y bajé la voz intentando calmarme– Aunque lo que tengo es mucha hambre. Pero a nadie se le ha ocurrido tener el detalle de preparar ni unos míseros canelones congelados–. Normalmente me gusta comer sano, pero sólo decir eso me hizo la boca agua. ¡En aquel momento me hubiera comido tres cajas de canelones de esos, asquerosos!

–Pues, Elia, me haces un favor–. Su cara era la de cuando dices algo que no querías haber dicho, pero tienes al demonio sobre tu hombro izquierdo con la retórica por las nubes, y al ángel, en el derecho, derrotado.

Recuerdo que fue entonces cuando descubrí ese abismo con más nitidez. Entonces, cuando ya todo estaba negro y opaco, pude verlo. Es ahí donde reside, precisamente, lo horrible de un momento como aquél, en la paradoja de estar y no estar en un lugar al mismo tiempo.

No sé si, en aquel entonces, él aún estaba ahí, pero yo ya me había ido y entonces me di cuenta.

LA SALIDA

ntonio se dirigió de nuevo al sofá, pero se detuvo en uno de sus costados. Segundos más tarde se sentó en el reposabrazos, con las palmas de las manos haciendo tope sobre las rodillas. Yo me mantuve de pie, en la puerta del salón, y así estuvimos, quietos, callados, durante unos segundos que se hicieron eternos. Pero no una eternidad de las que quieres que terminen enseguida, sino al revés: estábamos ahí, estirando el tiempo como un chicle reseco. Porque no queríamos irnos. Porque no éramos capaces. Porque no éramos capaces de querer.

Al fin, Antonio se escurrió en el asiento y yo, poco a poco, me di la vuelta y fui directa al cuarto de baño. Entonces, hice algo que todavía hoy me alucina cuando lo recuerdo: me mojé la melena en el lavabo para darle peso y la desenredé un poco; luego, como en una película, agarré las tijeras del cajón, un mechón con los dedos índice y corazón de la otra mano y ¡crrrrash! Aún recuerdo perfectamente ese sonido y lo que sentí al escucharlo. Continué cortando recto, más arriba de los hombros, a ojo, sin prestar demasiada atención a las imperfecciones, pero procurando que quedara más o menos decente.

Puede que parezca absurdo, pero ese ejercicio de concentración por un lazo y de valentía por otro, me ayudó sin duda a tomar distancia con respecto a todo lo que estaba pasando justo en aquel momento. Recuperé, tirada a mechones por el lavabo y el suelo, mi melena de cuarenta centímetros, y la guardé en una bolsa. Fui hacia el armario y en una mochila grande metí lo imprescindible: algo de ropa, bragas y calcetines, otro par de zapatos, dos libros, cepillo de dientes, etc. Y, gracias a que la cocina tiene la forma de una ele que va del pasillo a la entrada, pude atravesarla con los bártulos a cuestas, hacerme un bocadillo enorme con lo primero que encontré y salir de casa cerrando la puerta sin hacer ningún ruido y sin que Antonio se diera cuenta.

No había vuelto a recordar todo esto desde entonces. Pienso si será a causa de que hoy siento el mismo cansancio de vuelta del trabajo. Puede ser, pero creo que lo he sentido más veces desde entonces hasta ahora y que ese no es ese el motivo. Estoy segura de que era hoy cuando mi cuerpo lo necesitaba. Ha explotado y el recuerdo le ha subido como el vómito a la garganta, para aliviar el malestar en el estómago. Claro que estoy llorando, pero es un alivio recordarlo todo, poner nombres a las cosas, entender lo que ha pasado, encontrarte y saber dónde estás ahora.

Me preparo una cena rápida y el sueño me obliga a acostarme sin pensarlo. He masticado y llorado a la vez. El cansancio mismo es el que me recoge los platos, los deja en la pila sin lavar y me guiña un ojo, me lleva como a una pesada marioneta hasta el baño, me enjuaga las lágrimas y me limpia la cara con un algodón, me lava los dientes, me pone el pijama, me deja sola y me quedo dormida.

Al día siguiente vuelvo a casa con una nueva tristeza que me llena de energía, una tristeza más consciente. Sonia vuelve a llamar y esta vez le cojo el teléfono.

—No me digas que no has podido hablar porque es mentira, joder, desde que te fuiste de mi casa estoy intentando saber cómo estás y no hay manera.

Tiene razón: cuando rompí con Antonio me mudé a casa de Sonia durante un par de semanas y luego no volví a llamarla.

—Yaaa, lo sé, lo siento… Igualmente te he sentido ahí. Gracias por preocuparte, pero no he tenido ganas de hablar en ningún momento.

–Encuentras un piso y ya no sé nada de ti, ¿te aprovechaste de que tu amiga es agente inmobiliaria para deshacerte de ella?

–¡Jaja! Que no… Hablar significaba enfrentarme a algo a lo que he estado evitando enfrentarme durante todo este tiempo. No era capaz, necesitaba silencio para cerrar un poco la herida.

–Oye pues, ¡ahora que lo dices te siento muy bien!

–Puede que ayer sucediese ese enfrentamiento del que te hablaba…

–¿Y ya estás curada?

–No, no, no…

–¡Ay, hija, un poco de alegría!

–Bueno, ayer recordé todo de nuevo con pelos y señales. El día que rompimos. Pude vivirlo desde la distancia, desde el momento en el que me encuentro ahora, y me siento más fuerte y más tranquila. Pero aún lo echo de menos a rabiar y me siento muy rara, no te emociones.

–Bueno, cariño, poco a poco. Estoy muy orgullosa de ti. ¡Ahora tienes que salir a hacer algo! Con lo que a ti te gustaba salir a correr, podrías echarte una carrera y así te da el aire, ves gente… ves hombres…

–Puede ser–. Intento por primera vez dejarme ayudar por ella, dejarme ayudar por alguien– Oye, sé que no soy la alegría de la fiesta, pero que sepas que estoy sonriendo de verdad. Me alegra mucho volver a hablar contigo.

Las mayas me entran, todo correcto. Supongo que no he engordado por los mismos nervios. Lo poco que he conseguido comer en este tiempo, lo he ido echando inmediatamente después de cada bocado. Pero me siento fuerte. Y qué gusto da volver a ponerse estas zapatillas tan acolchadas, las echaba de menos, qué bien sienta caminar rápido con ellas y notar el aire en la cara. No sé cuánto aguantaré, pero al menos voy a trotar un poquito, sin exigirme demasiado.

Me siento bien, me pongo los cascos, le doy al play, música electrónica con buen ritmo, para no pensar en nada. Son las nueve y media de la tarde, ya se ha hecho de noche y cada vez hay menos gente por la calle. Cuando llego a Paseig Sant Joan comienzo a trotar. Prefiero ir despacio para calentar: después de un rato, las piernas me pedirán más ellas mismas, sólo hay que escuchar al cuerpo, es parte de la concentración. Esto me va a sentar muy bien.

Intento hacerle caso a Sonia y busco hombres entre la gran mayoría de mujeres que me cruzo, compañeras *runners* desconocidas. No hay nada. El mercado en Barcelona se me está presentando mal en este primer intento. No, no te engañes, Elia, acabas de cruzarte a un moreno que parece llevar ocho mil horas corriendo y que, aún así, está guapo. Y ahora un rubio. Y ahora... éste es más bajito, pero también es mono. Vale, debo de estar entrando en una zona de atractivo elevado del mapa de Barcelona: el sudor les brilla en la piel y bajo la luz de las farolas los tonos se vuelven maravillosos. ¡Y las piernas! Nunca se dice nada de las piernas de los hombres. Bueno, al menos en el mundo heterosexual se comentan poco. Las nuestras, sin embargo, están demasiado sexualizadas, como siempre. Con lo bonitas que pueden ser las piernas de un hombre, rectas desde las rodillas, el muslo marcado, la curva del gemelo...

Una sensación de placer me inunda los pulmones. Estoy segura de que tiene que ver con esta actitud tan receptiva, pero también con el cuadro que tengo delante: el final del paseo Sant Joan con el Arc de Triomf en el punto de fuga. Continuo con el radar encendido, aunque parecen seguir sin funcionarle muy bien las luces. Entrando en el Parc de la Ciutadella, me pregunto si sería capaz de vivir un encuentro sexual con alguno de ellos. O si, para empezar, me gustaría tenerlo. Pero a penas he probado el sexo con más de tres hombres en toda mi vida y realmente sólo me acuerdo de Antonio. Claro, hemos estado juntos casi diez años, ha pasado tanto tiempo desde que empezamos, que ya no me acuerdo de los anteriores... Antes de él yo era una niña. Y ¿ahora?, ¿qué soy ahora?

De vuelta a casa, estiro las piernas apoyando los talones en el respaldo de una silla, hago algunas posturas de yoga para alargar a tope la espalda y los brazos. El placer de estirar los músculos, esto es gloria. Estoy aquí, en mi cuerpo, segura. No sé qué va a pasar, pero lo bueno de después de haber hecho deporte, es que la respuesta a esa y a otras tantas preguntas, ha pasado a importarte de cien a cero en cuestión de una hora.

Al final he conseguido cruzar todo el parque y volver a Gracia, siete kilómetros en total. "Empecé pensando que no podría y mira", me digo a mí misma, "siempre se puede". Debería recordármelo más a menudo.

Después de una ducha caliente y una cena muy ligera me meto en la cama y, al relajarme, la mano se me desliza dentro del pantalón del pijama. Me acaricio unos segundos, estoy cómoda aquí, me gusta esta sensación, pero hay algo que me frena y la mano vuelve a donde estaba, afuera del pantalón, sobre mi estómago. Sigo mirando al techo. El recuerdo de Antonio se ha presentado en la habitación como un fantasma, lo noto, pero no me asusta. Respiraré hondo hasta quedarme dormida.

EL RESCATE

Nos pasamos la vida temiéndole al paso del tiempo. Miramos a nuestros abuelos y nos horrorizamos de saber que, cuando menos lo esperemos, volveremos la vista atrás y diremos "¿eso es todo?, pero, ¿cuándo ha pasado?", como ya lo decimos ahora, pero con más pesar y más sorpresa.

Y, por si fuera poco, el agobio y la nostalgia que provoca el simple hecho de saber que el tiempo pasa, vivimos en una época que nos aborda con mensajes fantasiosamente positivos, exigiéndonos vivir todas nuestras vidas a la vez, estar en todas partes, siempre al límite de lo híper estresante: viajar, comer, follar, estudiar, trabajar, comprar, saber, opinar.

Todo, hay que hacerlo todo, que la vida son dos días.

Sin embargo, más a menudo de lo que la competición de la vida le gustaría, a todos nos llega ese viernes en el que te dices: "hoy me pongo Dirty Dancing, me hago una pizza y me tiro en mi sofá metida en el jersey de lana más suave, grande y viejo que tenga" y la cara se te ilumina. Y ya no importa el tiempo de vida que te quede. Ya no temes a la muerte. "Moriré a gusto en mi sofá", te dices.

Es cierto que deberíamos dejar de hacer tanto caso a esos mensajes que nos abruman y nos culpan, y empezar a buscar más la calidad que la cantidad en nuestras vidas. Pero también es cierto que puede que yo ya lleve así demasiado tiempo, sin ser ni una cosa ni la otra.

–El tiempo no pasa para una diva entregada a los mejores placeres de la vida como yo.– Le digo esto a Sonia, a quien acabo de coger el teléfono después de cinco llamadas perdidas que han estado sonando de fondo mientras preparaba todo mi ritual. Sin embargo, esto último preferí guardármelo para mí.

–Pero, ¿de qué diva hablas, si estás todo el día metida en casa como un despojo? Esta noche salimos.

–Qué va, yo no pienso salir, Sonia.

–No, ¡qué va! – me dice, muy chula, y me cuelga.

Meto la pizza en el horno mientras me debato entre si continuar o no con mi maravilloso plan. Sonia me ha girado la cabeza y me ha hecho volver a sentir un impulso de alegría y normalidad que hacía tiempo que no sentía. Pero la pereza me puede. Parece que mi respuesta natural o automática a la llamada social volviera a funcionar correctamente, pero que yo he asumido una nueva normalidad en la que me siento perfectamente cómoda. Por un lado, la idea de arreglarme y salir me provoca una curiosidad y un impulso que me resultan conocidos, pero, por otro, imaginarme frente al armario preocupada por qué ponerme, me abruma y me echa para atrás.

Suena el timbre. Este tipo de cosas me asustan. ¿Quién puede venir a estas horas? ¿Un vecino? Si ni siquiera tengo la música puesta, no puedo haber molestado a nadie. La única opción que se me pasa por la cabeza es la de un señor que viene a matarme. Me quito los zapatos y, con cuidado, me acerco a la puerta y miro por la mirilla. Es Sonia, abro.

–Tía, Sonia, qué susto me has dado, ¿cómo apareces así?

–¿Qué? Pero vamos a ver, ni que fuera un señor que viene a matarte. –Se para a observar mi cara de flipada –¿Ves cómo llevas demasiado tiempo sola aquí dentro? Has visto demasiadas películas malas. –Lleva un vestido de rayas moradas muy oscuras y en vertical, por encima de las rodillas, que le marca las curvas, tiene una mano agarrando la cadena del bolso casi a la altura de la axila y en la otra una botella de vino. –Te lo dije, te dije que te ibas a volver loca. Pero vengo a rescatarte. – dice, acelerada como siempre, mientras entra en casa y ella misma cierra la puerta tras de sí.

–¿Ya venías para acá cuando me has llamado?

–Claro, vengo a recogerte, ¡que si no, no hay manera!

–No, te lo digo en serio, no voy a salir. Si quieres puedes quedarte. Voy a ver Dirty Dancing y he metido una pizza enorme en el horno. Hay de sobra.

–A la pizza no te voy a decir que no, faltaría más. ¡Pero Dirty Dancing es lo que te faltaba a ti!– Se para un momento y suelta una carcajada. Yo me quedo mirándola, al final la loca va a ser ella. – Perdona, es que es muy gracioso.

–¿El qué es muy gracioso?

–Pues que sí que vas a ver Dirty Dancing esta noche. ¡Qué digo ver! Tú esta noche vas a conocer a Patrick Swayze.

Sonia busca el sacacorchos por los cajones de la cocina, abre la botella de vino saca un par de copas del mueble y las llena hasta la mitad. Me pone una en la mano y sale de la cocina. Yo la sigo después de darle un primer sorbo al vino. Qué bueno está. Le enciendo la luz del pasillo a Sonia, que ha tirado para adelante sin miedo al tropiezo.

–El otro día conocí a dos chicos alemanes. Me tocó enseñarles un piso en Poble Nou. Un piso chulísimo, te encantaría. Es de estos antiguos, con los techos altos, como el tuyo, pero totalmente reformado y con una luz increíble. ¡Y un salón…!

–Ya, este piso está hecho mierda…

–Bueno, pronto estarás forrándote y tendrás uno en condiciones – me asegura poniéndome la mano sobre el brazo mientras nos sentamos, como haciendo un paréntesis rapidísimo para no perder el hilo–. En fin, que lo tuve clarísimo: me dije, "tengo que hacerme amiga de estos chicos". Y pensé en ti en seguida, ¡Adam te va a encantar!

–¿Adam es Patrick Swayze?

–No, no se parece. Lo decía en sentido alegórico.

–¿En sentido alegórico? –le digo mirándola fijamente al tiempo que las cejas se me alejan de los ojos.

–Sí, que no significa que él…

–No, no, si sé lo que significa "alegórico".

–Pues eso. A ver, ¡que yo a veces también sé lo que significan las palabras, chica! Más bien lo decía por lo dirty del dancing... ¿Te suena la sala Antillas?

–Me suena.

–Que está por el Ensanche izquierdo, cerca de Avenida Roma o por ahí...

–Ahh síííí... Pero, ¿allí vamos a ir nosotras? ¿Ese no era el típico club hortera al que iba la gente mayor a aprender bailes de salón?

–¡Qué va! Bueno sí, es ese. Pero no es sólo eso, allí hacen muchas más cosas. Deberíamos ir más, de hecho, con lo que a ti te gusta bailar cosas sabrosonas –dice esto y se marca un meneíto de caderas–. Hoy, por ejemplo, hacen una fiesta de bienvenida de un Máster. Prácticamente todos los alumnos son extranjeros, de hecho, son Adam y Alex quienes me han invitado. Alex es el otro. –Le da un sorbo al vino y, con los labios aún en el filo del vaso pone los ojos como platos, se limpia la boca colocando los nudillos sobre ella como un sello y me grita, señalándome con el dedo índice –¡Oye, has dicho "vamos"!

–¿Yooo?¡Bueno, igual sí...! ¡Pero lo habré dicho en sentido alegórico!

–Eso no es sentido alegórico...

–¡Ya lo sé, era broma, sólo me reía de ti! –Me mira entrecerrando los ojos como el vengador de una película, mientras, con dos dedos, saca un cigarro del paquete. –Total, que a ti te gusta Alex y ya me has dejado el otro a mí. –Se enciende el cigarro.

–Pues, sinceramente, no, Elia–. Suelta la primera bocanada de humo, mientras descruza las piernas, vuelve a cruzarlas hacia el otro lado y coloca el codo de la mano con la que fuma sobre la rodilla que queda arriba. –He visto a Adam y te me has venido en seguida a la cabeza. Se llama amor de amiga. Pero no tú no te preocupes que, si no te gusta, me lo dices y nos los cambiamos. Yo, encantada.

–Jaja, ¡qué brutita eres!

–¡Yo brutita y tú, mira qué pintas tienes! –Se ríe y me agarra el jersey zarandeándolo de un lado a otro, como diciéndome "quítate esta porquería"–. ¡Venga, vístete!

–Ay, Sonia, que yo no estoy ahora para nada...

–¿Cómo que no? Además, ¿tú qué sabrás?

–Pues claro que lo sé. Yo ahora estoy bien conmigo misma, recuperándome de una relación larguísima. Las cosas no se olvidan, así como así.

–Primero, repito, no lo sabes. Segundo, tú qué vas a estar bien, estás bastante regular. Y tercero, nunca se sabe lo que nos depara la vida, ni cuándo. Y mucho menos se sabe lo que nos depara esta noche.

–A ti puede que te pasen cosas, pero a mí no, porque no estoy de ánimos.

–¡Tú misma lo has dicho! Gracias.

Vuelvo a rellenar las copas y le cojo un cigarro a Sonia. La verdad es que no soy fumadora, pero de vez en cuando me apetece y me enciendo uno. A veces me sienta bien, me relaja, porque me desplaza como a un palmo de distancia de todo. Otras veces me marea.

–A ver si te vas a marear.

–Tranquila. En la tercera copa de vino nunca falla–. Podría decir que no estoy borracha, pero está claro que totalmente sobria tampoco estoy. Es el momento perfecto para fumar, cuando mejor sienta.

Nos sonreímos y nos dejamos caer en el respaldo del sofá. Me siento increíblemente bien de pensar en lo bien que me siento. No es una cosa espectacular, sino mejor todavía, es un sentimiento pleno y claro. Estoy en un lugar seguro: bebiendo vino con mi amiga, sin necesidad de pensar en si la vida tiene otro sentido, con más sentido que éste. Le digo todo esto con la mirada, porque si se lo digo de verdad corro el riesgo de que, en lugar de quedar embelesada con la belleza de mis palabras, convierta el mensaje en la respuesta que lleva deseando escuchar desde que me llamó esta tarde. Es decir, estoy feliz ahora mismo, así, pero no sé si quiero salir, así que mejor que no se entere.

–¡Estás guapísima! –me dice, de repente, mirándome–. Y eso que estás modo viernes pijamoso. Aun con el pelo tan corto te sigue quedando genial el moño arriba. ¿Cómo lo haces?

–¡Qué va! ¡Pero si mi pelo ya no tiene nada que ver con el de antes! Ahora sólo puedo recogerme una cantidad pequeña y el resto se me queda fuera, me siento ridícula.

–Pues te equivocas, estás súper sexi. Todavía te sigue dando el mismo aire, así como desenfadado. Muy tú. Sólo que ahora, encima de guapa, parece que te la suda más todavía.

–Es que me la suda.

–¡Jaja, mentira! – Nos reímos las dos y me levanto para poner una canción que a las dos nos encanta desde siempre.

Sonia se viene arriba –tanto alegórica como literalmente– y se pone a bailar. Me pone contenta. Entre zancada y zancada hasta el baño, yo también bailo sin que ella me vea. Antes de llegar al salón, paso por mi habitación y me cambio muy rápido. Un pantalón negro campana de elefante, mis botas rojas de punta y una camisa color beige hueso de manga corta hasta los codos. Seguro que Sonia tiene alguna pega. Me suelto el pelo y me lo remuevo para que coja volumen. Un poco de sombra negra y máscara de pestaña en los ojos y lista. Creo que me sienta mejor la velocidad que el resultado, a la hora de vestirme. Quiero decir que, cuando tardas mucho en vestirte, ya da igual lo que te pongas porque no te va a gustar. Cuando no te gustas, no te gustas. Pero hoy ha sido rápido, a la primera. Y la satisfacción que da verse bien así, sin más, es difícil de explicar.

Qué subidón.

–¡Sííííí! ¡Lo sabía!

–Echaba de menos mis botas–. Camino como en un desfile de modelos y doy una vuelta sobre mí misma cuando llego a su altura.

–¡Qué guapa! Espera, ven– lo sabía –, ponte esto así– me mete un trozo de la camisa por dentro del pantalón sólo la parte de delante, donde los botones –así le das más caída a la camisa, que es preciosa, ¿es de seda? ¡Y se te va más la cintura, nena!

–Pues puede ser, es de segunda mano. Si no, ni de coña. ¿No se me marca demasiado la barriga?

–¿Qué barriga? Estás estupenda. Mírame a mí, el culo y los muslos que tengo. De toda la vida–. Se aparta hacia atrás mostrando su porte con orgullo casi de negra.

–¡Estás buenísima!

–¡Lo sé!– dice sirviéndonos lo que queda en la botella y, en seguida, cambiando el gesto de la calma a la preocupación– ¡Elia, la pizza!

–Mierda.

–¿Todo bien? –me grita desde el salón.

–Perfecta –traigo la pizza ya cortada y una Moritz para cada una.

–¿Tenías cerveza en casa? Qué preparada…

–¿Qué te crees que he hecho aquí todos estos días? Bueno, a ver, no todos. Pero he procurado que siempre hubiera un par de ellas, por si acaso, en la nevera.

–Bueno, igual deberías beber un poco de agua, a ver si después de lo bien que me está saliendo la jugada no vas a llegar ni a la puerta ¡jajaja!

–Igual después de la pizza me amodorro y no me apetece salir…

–Ni lo pienses –me alerta muy seria.

Pero en lo que yo estoy pensando en realidad, es en lo que estoy disfrutando de cada bocado de esta delicia. Y me pregunto cómo me puede gustar tanto esta tontería. Por supuesto que jamás le haría esta pregunta a un italiano. Pero es que es sólo harina con tomate, y cosas. Siempre he apostado porque es el queso. Bueno, y el tomate. Y cuando lleva albahaca fresca ya ni te digo. En fin, la pizza es la pizza. Pero qué simpleza y qué placer más absolutos. Los días de pizza eran los más felices con Antonio. A veces pienso que la comida es lo único que nos puede unir de verdad a los hombres y que, cuanto más proteica sea, mayor la unión. Una pizza de bacon en lugar de anillos. Mejor me levanto a por un poco de agua.

ANTILLA

Antes de irnos recojo el plato de la pizza, las copas y limpio un poco la mesa. Sonia piensa que soy una maniática y a veces incluso tiene la poca vergüenza de decírmelo. Pero es cierto que a veces la gente confunde el trabajo y el cuidado más normales, con un trastorno. Es una excusa que se ha fosilizado en la mente colectiva para, en definitiva, seguir siendo un desastre toda la vida sin remordimientos. Pero yo me esfuerzo en pensar que, verdaderamente, ellos creen en esta idea.

Por eso, al final, son pequeños gestos lo que definen la amistad y la madurez verdaderas. Como, por ejemplo, éste de pensar todo esto para mí misma en lugar de decirlo en voz alta, o el de Sonia, que me ayudó a recogerlo todo y luego fuimos juntas al baño.

—¿Has tirado mi cepillo de dientes?

—Ay, no, es que lavé el vasito de los cepillos y los puse en otro lado mientras se secaba. Toma. ¿Cómo voy a tirar tu cepillo? ¡Jamás!

—¡Y sin dejarme antes ni por un mísero mensaje de WhatsApp! —dice levantando el cepillo de dientes después de haberle puesto la pasta.

—Ten cuidado que si no nos hemos manchado con la pizza, mancharnos ahora sería muy fuerte.

–Ya, no hay nada que dé más rabia que mancharse lavándose los dientes, una vez ya estabas a punto de salir. ¡Qué bonito ese color de labios! –continúa pronunciando lo que el cepillo y la pasta en la boca le permiten– ¿Qué es, marrón, morado, teja?

–Ni idea, yo creo que son los tres colores a la vez. Podemos bautizarlo como color "berenjena podrida".

–Precioso.

–En inglés seguro que suena mejor.

–Rotten aubergine –pronuncia con sensualidad a la vez que se mira en el espejo y une y separa los labios haciendo movimientos para repartir el color.

–¿Ves? Lo patentamos.

Empieza a llegar el frío poco a poco. Otros inviernos ha llegado de golpe, sin embargo, éste nos está permitiendo pasearnos durante unos días con ropa de entretiempo, lucir finos abrigos abiertos que nos estilizan y que dejan ver el *outfit* que tanto nos ha costado elegir, o no. Dejo que el aire en el cuello me llene de vida. Antonio debe de tener las ventanas del piso cerradas a cal y canto. Siento una fuerza que tira de mí intentando llevarme corriendo hacia allí para abrirlo todo y salvarlo de la asfixia, pero sé que es absurdo, ridículo y, de hecho, cómico, sólo pensarlo. Así que como una reacción velocísima me digo a mí misma "¿qué haces?" Y me olvido.

Ojalá esté bien...

Es cerca de la una y media de la mañana y estamos llegando a un bar que se llama Pub Fiction. Llevo riéndome de este nombre prácticamente todo el camino. Allí están los nuevos amigos de Sonia desde hace unas horas, lo que significa que ahora se producirá un encuentro entre dos realidades distintas. No hablo de culturas, sino de estados de sobriedad y de exaltación de la amistad de naturalezas obviamente diferentes. No sé cómo de exaltada la tendrán ellos ahora mismo –la amistad– pero la mía está por las nubes. Flotando. Yo me encuentro esta noche al lado de mi amiga como un bebé en la barriga de su mamá, sólo que mejor, porque en este caso el bebé ha comido pizza, ha bebido vino y tiene unas botas rojas de punta chulísimas.

Y en breves me veré obligada a salirme de esta burbuja, se dará el típico momento un poco incómodo en que, aun teniendo ganas de conocer gente nueva, llegarías allí para darte cuenta de que no has caminado lo suficiente como para que se te baje el alcohol un poco y poder acomodarte al ruido de un bar, a las voces de unos desconocidos que quieren incluirte en su desconocido círculo. Quizá deberíamos beber más, pero Sonia cree que aún debemos parar un poco. No quiere que me dé el bajón. Lo dice en plural, pero va por mí. Plural mayestático, se dice, creo.

–Espera el paseo hasta el bar...

–Pub Fiction.

–Exacto. Y allí hacemos pipí y nos pedimos un chupito.

Los amigos y los amigos de los amigos de Sonia son muy simpáticos. Y la verdad es que Adam es guapo, pero no soy capaz de terminar de pensar de esa manera. Quiero decir, de verlo como una posibilidad, como posible ligue. Qué difícil es desacostumbrarse de cualquier cosa, por molesta que sea. Ahora que soy libre para hacer lo que quiera con quien quiera, no me apetece.

El bar, como era de esperar, está todo decorado con posters de Pulp Fiction y objetos relacionados con la peli. Pero me sorprende muy para bien lo poco pretencioso que es. Es un lugar sencillo. Debe de ser un local antiguo recuperado, porque mantiene unas baldosas muy simples de bar de barrio, las paredes cubiertas por algunas partes con yeso y pintura blanca, dejan ver el relieve del ladrillo visto, que se confirma, al descubierto, en algunas otras zonas que quedan sin pintar. Las mesas son largas con bancos corridos, como de taberna.

–Me gusta este sitio, tiene más encanto del que esperaba–. No sé qué comentarle a Adam que, después de presentarnos se ha quedado a mi lado, pero mi actitud parece estar siendo la de evitar cualquier tipo de silencio incómodo.

–¡A mí también! –me dice sonriente. Nosotros sólo estamos aquí tres semanas y ya hemos venido cuatro veces –se refiere a que sólo llevan aquí cuatro semanas. Antes me hacían mucha gracia (aunque de la buena) los errores y la pronunciación de los extranjeros aprendiendo español, ahora siempre me pregunto cómo debemos de sonar nosotros y qué impresión daremos cuando hablamos en inglés, o en cualquier otro idioma distinto del nuestro. Desde que me hago esta pregunta ya no me río así, pero sigue dándome ternura.

Salimos todos juntos del Pub Fiction para el Antilla. Somos como 15 personas juntas, no todos nos conocemos pero, esta noche, somos un mismo grupo. Hace tiempo que no salgo con tanta gente a la vez y esto me recuerda a la Universidad. Aunque nunca me fui de Erasmus, sí me vi metida en fiestas con gente extranjera que estaba pasando su beca en Barcelona. Por supuesto que me arrepiento de no haberme ido de Erasmus, pero en esos años sólo pensaba en sacarme la carrera, que ya era complicada y tenía su trabajo. También tenía a mi novio, y parecía que irse un curso entero era como poner en juego o echar a perder algo que habías conseguido. Ahora veo que estamos todos equivocados: nuestra pareja no debería ser una propiedad, algo que has encontrado tú y que por tanto te pertenece. Ahora que pienso que después de todo no estábamos destinados a estar juntos, me arrepiento de no haber sido más valiente y haber vivido mi propia vida. Antonio hubiera estado igualmente, el tiempo que tuviera que estar.

Me doy cuenta de que estoy haciendo más caso a mis pensamientos que a Adam cuando ya estamos entrando en Antilla. La música está muy alta y me da muchas ganas de bailar. Salsa. Las trompetas suenan como lanzándose a unos balcones que dieran a algún mar, agarradas a las barandas. Y el viento de la música se me mete en el pecho, como un espíritu que quiere bailar vestido con mi cuerpo. Hay veces que accedo a sus pasos y me dejo llevar. Pero hay otras que me mantengo impasible, con un gesto que dé a entender que no estoy atenta a la música. Aún no me he quitado la chaqueta si quiera, cuando una mano agarra con cuidado los dedos de la mía y la levanta hasta la altura de su cintura, mientras yo me giro a mirarle sorprendida. Es un chico que no conozco de nada y que, con una sonrisa, me invita a bailar con él.

A veces los hombres te sacan a bailar como forma de acercarse a ti. Cuando descubres que todo se reducía a esto, te das cuenta de que no están disfrutando del medio y sólo esperan el fin para intentar besarte o preguntarte qué planes tienes para esa noche. Yo, que me encanta bailar y que vivo en el siglo XXI, opino que las cosas podrían empezar a cambiar un poco ya de una vez. A veces me gusta bailar y conocer gente, y esto no debería implicar que me tenga que sentir en el compromiso, como mujer, de tener que cumplir con una especie de contrato sexual firmado en tinta indeleble, sólo por bailar. Es por esto que he tenido que dejar de acceder a bailar con los hombres, pero éste se me ha acercado de una manera tan natural y simpática que, simplemente, unos segundos después, el vuelo de mi chaqueta larga ya estaba planeando alrededor de nosotros.

Cuando termina la canción, me aprieta un poco la cintura por donde me tiene agarrada, en forma de saludo, me sonríe y se va. Muy educado, muy natural, muy simpático, como debería ser. Sin embargo, esta actitud es tan rara de encontrar, que me resulta sospechosa. O tal vez sólo me da curiosidad. No lo sé, me quedo mirándolo unos segundos hasta que desaparece entre la oscuridad de la gente en la pista. Mientras me quito la chaqueta doy unos pasos hacia la barra donde me encuentro con Sonia, Alex y Adam. Finalmente resulta que a Sonia le gusta el chico que ella misma se adjudicó de antemano. Se la ve muy a gusto. Además, conozco a Sonia cuando tontea: se pone cariñosa pero como se pondría una amiga, toca mucho (su hombro, su brazo), pregunta mucho, se interesa mucho. No necesita evidenciar su sensualidad, la mantiene escondida y deja que la otra persona desee descubrirla cada vez más. ¿Dónde está el secreto? El chico se sentirá especial y afortunado de conocerla, sobre todo porque ella no parece estar rogándole nada, sino simplemente estar ahí, segura y entera.

Una genia. Podría desglosarlo en forma de manual y venderlo, pero no creo que a cualquiera pudiera salirle igual de bien que a ella. Sería inútil.

Brindamos los cuatro juntos con un chupito en la mano que, al chocar hacen que parte del líquido se nos derrame por el borde del vasito, dejando nuestros dedos quedan pegajosos. Me doy cuenta de que estoy ahí, en un grupo de dos parejas y, cuando me chupo los dedos, veo a Adam junto a mí y nuestros ojos se encuentran. Yo tengo los dedos en la boca y él se relame los labios justo después de su trago. Esto acaba de ser un momento absolutamente natural que, sin embargo, se ha convertido en un encuentro casual que nos ha hecho ruborizarnos y que se nos encienda una luz pequeñita por dentro. ¡La mía es pequeñita, al menos! Estoy cómoda, pero empiezo a imaginar cómo estaría en mi jersey suave de lana, viendo como en mi pantalla es Jennifer Grey la que se tiene que comer el marrón, y no yo. Aunque es verdad que ella se lo come con gusto. A mí, lo que me pasa, es que...

Qué va. No sé lo que me pasa.

Sonia y Alex están intentando bailar. No se les da mal, pero ni ella es una experta ni él es un hombre latino, que se diga. Eso sí, se están riendo un montón, seguro que, sin motivo alguno, así que calculo que les quedan dos minutos para empezar su fiesta privada. La pista está bastante llena, entre la gente me parece ver al chico con el que bailé hace un rato, pero está bailando con otra chica. En un momento dado me da la sensación de que va a pillarme, así que aparto la mirada corriendo. Adam se gira y me pasa el gin tonic que ha insistido en invitarme varias veces ante mis muestras de apuro. Éste es otro de esos momentos en que sientes que has firmado algo. Me niego. No quiero que piense que me ha conquistado así. Si llegara a pasar algo entre nosotros, quiero que piense, simplemente, que ha pasado algo entre nosotros, es muy sencillo vivir sin la necesidad de ponerse medallas.

La música está tan fuerte que tenemos que acercarnos para oírnos y poder mantener, medianamente bien, una conversación. Huele bien los brazos que tenemos apoyados en la barra se están rozando, como en un espejo. Estamos cómodos ahí, cuando, de repente nuestras bocas se juntan muy despacio. Me separo, creo que le sonrío y me largo de allí.

El chico del baile está sentado en un sillón grande con la chica con la que bailaba, los veo, pero no me quedo mirando y, rápidamente, desaparezco por la puerta que lleva a los servicios. Mientras hago pis, decido que voy a pedir un poco de agua cuando salga, ya que estoy a tiempo de no volcar. En el espejo me veo bien, ni siquiera me retoco el maquillaje. Entonces, nos encontramos tan de frente en la salida del baño que casi nos chocamos:

–¡Hey!

–¡Hey! –le respondo con una sonrisa medio forzada que, en realidad, es de vergüenza.

Nos quedamos un segundo callados sin movernos ni decir nada. Él me sonríe y me dice:

–No bailaste nada, te vi.

–He bailado contigo –vuelve a sonreírme cuando digo esto. Yo intento mantener la expresión neutra, para compensar el momento.

–¿Qué tal la noche?

–Bien, aunque, bueno, ya me iba…

–No, esperá un minuto, ¿me ayudás? Perdí mi celular –. Le miro con cara no entender para qué me necesita– Mirá, apuntá mi número y llamame, capaz que así lo encontramos–. Me lleva al sillón donde estaban él y la otra chica sentados hace un momento.

–No creo que aquí escuchemos nada con la música tan alta.

–¡Y no, seguro! Pero fíjate si lo sentís que vibra. –Ahora resulta que estoy haciendo como una coreografía de danza moderna en mitad de un local de salsa, tirada sobre un sillón junto a un desconocido. –¡Buena!¡Aquí está!

–¡Genial! –le digo con alegría. –Bueno, me alegro. –Sonrío y vuelvo a mi sitio, perdiéndome entre la gente de la pista rápidamente. En realidad, me apetece irme a casa, creo que ha habido suficiente fiesta por hoy.

Sonia está a lo suyo (Alex) y Adam está hablando con dos chicas de nuestra pandilla de Erasmus adultos. Mientras recojo la chaqueta y el bolso de la percha de debajo de la barra, me pregunta si estoy bien y si quiero que me acompañe a casa.

–No te preocupes, he pedido un taxi, estará ya en la puerta –miento.

Nada más salir giro a izquierda donde los ojos del chico argentino me esperan. Me acerco hasta él y me ofrece un cigarro que acepto sin pensar. Mientras me pongo la chaqueta y me cuelgo bien el bolso, coloca la llama de su mechero ante mi boca.

–¿Cómo te llamas?

–Elia –respondo después de haber echado todo el humo de una primera calada.

–Juan Ignacio. –Me mira–. Encantado.

EL CAMBIO

*E*sta tarde, de nuevo, he salido a correr. He decidido hacerlo al menos tres veces por semana y hoy he tenido que obligarme un poco, ya que mañana es viernes y es muy probable que el plan sea otro. No me voy a engañar. "Es viernes y el cuerpo lo sabe" puede contener la idea de llegar a casa de la oficina y dormir hasta el día siguiente, quedarse en casa viendo una serie, salir a tomar una cerveza, cualquier cosa menos salir a correr. Al menos, lo mejor es dejar la tarde del viernes y el fin de semana despejados para que el ocio pueda desplegarse como se le antoje. Es parte de la disciplina que me autoimpongo para evitar el estrés.

EFECTIVAMENTE, me acaba de llegar un mensaje de Sonia a WhatsApp que dice algo de vernos mañana. Luego le contesto. Le doy al play, guardo el móvil y empiezo a trotar. Mi mayor motivación hoy es cruzarme con los chicos más guapos de Barcelona (algo sencillo y poco pretencioso) y comienzo mi ejercicio súper atenta. Atenta a que mi respiración esté relajada y acompasada, a que mis pisadas sean suaves y concisas al mismo tiempo, a que mi espalda esté recta, para no caerme si miro demasiado a alguno, también. Me apetece disfrutar de la carrera, sentir que voy a contracorriente al pasar frente a una terraza donde la gente bebe y come, pasar este rato sola, sin pensar en nada en absoluto. Me voy poniendo metas por el camino. Lo primero que me empuja es llegar al parque y, ya una vez habiendo calentado suficiente, correr a buen ritmo sobre el sonido áspero de su tierra marrón clara, entre los pedazos de jardín y entre los árboles. A esas horas aún queda gente dentro: algunos pasean a sus perros, otros, como yo, hacen deporte, muchos, tirados en el césped hacen malabares, beben unas cervezas, se besan. Me gusta recorrer con la mirada todos los escenarios diferentes.

Cuando algún chico y yo cruzamos nuestras miradas, me quedo pensando en lo curioso que es que, cuantas menos posibilidades hay de que dos personas vayan a establecer un contacto verbal o físico reales, con más valentía se comportan éstas. Es decir, si el chico con el que acabo de cruzarme y yo nos hubiésemos encontrado en otro contexto, no nos hubiéramos mirado de esa manera. Ambos acabamos de ser muy valientes, como si ninguno fuéramos reales del todo, como si la picardía del momento fuera a quedar en el olvido porque no vamos a volver a cruzarnos con esa persona nunca más. Esto no es más que una probabilidad muy elevada, pero, ¿y si no se da? ¿Y si ahora resultara que somos vecinos y nos encontramos en el ascensor ante la obligación de subir juntos cinco plantas? Habríamos sido demasiado imprudentes, entonces. O tal vez, no, tal vez todos deberíamos vivir de esta manera.

Sí, es curioso, nos hemos mirado como en una película: fijamente, casi sonriéndonos de lado, incluso girando un poco el cuello al pasar por el lado del otro. Vuelvo a casa imaginando ese probable y próximo encuentro en el ascensor. Sobre todo, al subirme en él. Me miro de lado en el espejo y lo imagino frente a mí, también sudando y con la piel enrojecida todavía del calor. Tal vez ni siquiera nos dijésemos nada, y sólo me lanzara a sus rizos y a su boca de una vez y nos besáramos apasionadamente hasta llegar arriba.

SIENTO el pulso más acelerado que de costumbre golpeándome sobre los cuádriceps, estoy eufórica.

DESPUÉS DE UNOS CUANTOS ESTIRAMIENTOS, me desnudo rápidamente, me meto en la ducha y, cuando el agua empieza a templarse, me llevo el grifo hasta el cuello y lo pego a mí, dejando que el agua se deslice despacio forrándome la piel como un adhesivo, girando en cada curva y cubriéndome de arriba abajo. Pienso en el chocolate caliente que, de la misma manera, cae sobre un pastel hasta hacerlo desaparecer por completo bajo su brillante oscuridad. Líquido, con el espesor justo como para que caiga así, deslizándose despacio, pero sin posibilidad de retorno, sin manera de pararlo. Pienso en el brillo de su piel mulata bajo las farolas del paseo Sant Joan, pienso de nuevo en ella, más clara y más cerca de mí, bajo la reveladora luz del ascensor. Dejo de verla cuando la mano se hunde entre mis piernas.

< QUÉ TAL? Nos tenemos que terminar de contar lo del viernes pasado… >

  < Nos vemos mañana después del curro? >

AL SALIR DE LA DUCHA, mientras ceno, contesto a los mensajes de Sonia:

< TÍA, perdona que te conteste ahora, había salido a correr cuando me escribirte >

  < Sí, sí, mañana nos contamos >

  < Quedamos por el barrio? >

    · · ·

SALGO de la conversación de Sonia y vuelvo a abrir la ventana del chico de Antilla, una ventana de conversación aún vacía. Y una vez más abro su foto de perfil para mirar fijamente una cara que me sé ya de memoria y que, sin embargo, no sé si reconocería al cruzármela por la calle. Supongo que sí, pero es algo en lo que suelo confiar, más que comprender. Porque a menudo no recuerdo la cara de algunas personas que conozco poco: cierro los ojos busco en mi cabeza y nada, un rostro vacío, como una sensación en forma de boceto sin ningún rasgo nítido. Me ocurre lo mismo con ese chico: por mucho que lo intento sólo recuerdo su chupa de cuero color camel, la misma con la que aparece en la foto de WhatsApp, esa foto que tengo que volver a mirar para, entonces, decir "ah, creo que te recuerdo", casi con un suspiro.

VARIAS VECES HE ENTRADO en su ventana para escribirle, pero nunca me atrevo a enviar el mensaje. "Hola!…" "hola, qué tal?"… "Ey, aquí Elia!"… "¿Aquí Elia? ¿Aquí donde? Tú nunca has hablado así", me digo a mí misma, "¿qué vas a contactarle, por Walkie Talkie o por móvil?". A veces soy tan dura conmigo misma que yo misma me río. Debería decirle simplemente "hola". Pero no me atrevo.

HE QUEDADO con Sonia en la plaza de la Virreina, una plaza preciosa que hay en Gracia, mi barrio. El suyo también, dice ella, y en realidad sí, si tiene que ser de algún barrio, es de éste. Pero yo siempre le digo que no, que ella vive en la parte pija. Que tampoco es mentira: su casa está en Enrique Granados pegando con Diagonal. Sí, que prácticamente es Gracia, pero no lo es. Además, su piso es suyo, se lo compró hace un par de años. Era uno de los que llevaba en la cartera: digamos que se lo vendió a sí misma y encima se llevó la comisión. Claro. La verdad es que tiene que ser un gusto saber que tienes un lugar propio donde tenerlo todo. Yo que, como la mayoría de gente de nuestra edad, soy medio nómada, sufro un poco al pensar que ninguna de las casas en las que duermo sea realmente mi casa, al saber que nunca podré tener mi librería completa junta o todos los muebles que me gustaría quedarme en un mismo lugar. Por el contrario, tengo que dejarlo todo metido en cajas en Badalona, con mis padres, o ir revendiendo y comprando según vaya necesitando. En realidad, no es para tanto, pero crecimos pensando que sería diferente y es difícil evitar sentir esta realidad como un fracaso.

EN REALIDAD, nada pertenece a nadie, ni siquiera el tiempo. Hoy llamo a este lugar "mi barrio" pero, realmente, no sé hasta cuándo lo será. Gracia se despliega sobre las faldas del Parc Güell, que queda en lo alto del todo. Muy pocas veces vamos allí. En el Barrio de Gracia siempre hay buen ambiente. Gente joven, bastante alternativa, moderna, padres jóvenes... un barrio seguro y entretenido, lleno de bares interesantes, librerías, pequeñas empresas de artistas. Por eso gusta tanto. Cuando llego a la plaza de la Virreina encuentro a Sonia ya sentada en la mesa de una terraza tomando un Vermut. Acaba de comerse la aceituna y tiene el palillo en la boca y entre sus dedos el teléfono. Está sonriendo.

−¡EHH! ¿Con quién hablaaas? −le digo con tono pícaro porque imagino de quién se trata. Sólo hay que verle la cara−. Uno de los lados de la plaza, el más elevado, es la Parroquia de San Juan Bautista de Gracia, en cuya puerta, a menudo, hay gente sentada comiéndose un crepe, fumándose un cigarro o bebiéndose una lata de cerveza. Me siento de frente a su fachada.

−SÉ LO QUE ESTÁS PENSANDO... ¡Pues sí, has acertado! Es Alex. Dame un segundo.

−PERO A VER, qué pasa con el chico este... Diego, con el que salías.

. . .

–Pues nada, con Diego como siempre, bien. Pero nada más serio, ya sabes.

–Ya. No sé como llevas bien ese lio.
   –No es "ese" lio, sino "esos" líos. Son varios. Y cuantos más mejor. Al final es más fácil, menos lío –se ríe– aunque te parezca una paradoja.

–Seguro que tienes razón, no lo dudo. –Llamo a la camarera con la mano– ¿Me traes un Vermut a mí también?

–En seguida. ¿Vais a querer picar algo?

–Por ahora no, gracias. Pero déjanos la carta por aquí, si no te importa. – Vuelvo a dirigirme a Sonia– Bueno entonces lo pasaste bien el otro día, ¿no? ¡Al final Alex fue una buena elección!

–Pues sí, tía, todo genial, genial, maravilloso. Y además es que nos reímos muchísimo, así que imagínate, un completo. Bueno, casi un completo, no nos emocionemos.

–¡Bueno, qué alegría!

–Ya te digo. Adam no cuajó ¿no?

–Pues sí parecía que cuajaba, pero no sé. Puede que otra noche hubiera salido, pero aquel día no fue para mí, no me calaba, no me dejaba estar a mí cien por cien Elia, ¿sabes?

–Ya... Pobre. Lo dejaste ahí tirado con el beso a medias y todo ¡jaja!

–Bueno, no lo vi tan mal acompañado después, la verdad. Y ¿qué es eso de "a medias"? ¿Dónde está la instructora feminista?

–Sí, sí, es verdad. Calla, no he dicho nada. Os disteis un beso y ya. Sin más.

–Exacto.

–Bueno, es igual Adam. Son majos ¿verdad? Podremos verlos más veces, seguro. Pero a ver, me tienes que terminar lo del chico ese misterioso al que nadie conoce. Es el que te sacó a bailar cuando entramos, ¿verdad?

–Sí, ese es, ¿dónde me quedé?

–Pues, a ver, me contaste todo el numerito que hizo para darte el teléfono y tal, que luego te fuiste y no sé qué más.

–No fue un numerito, se le había perdido, en serio. –Sonia me mira con cara de "no te lo crees ni tú" y me da rabia, porque si pensara como ella, lo diría abiertamente. Supongo–. ¿Crees que hay gente que trabaja tácticas como esa a la hora de ligar? Y ¿qué pasa, que siempre usa la misma o tiene un inventario del que escoge según objetivo? –

Nos reímos, pero en realidad estoy dudando. –Tía, Sonia, te juro que estaba el móvil debajo de un cojín del sofá, no me creo que lo dejara ahí a propósito. Además, estaríamos hablando de una actuación bastante buena.

–Bueno, bueno, tampoco es tan difícil, aunque también podría ser actor.

–Pues está en el mismo master que Adam y Alex, para Administración de Empresas.

–¡Bueno, a saber! Total, ¿que te fuiste y te lo encontraste fuera? ¿o esto último me o he inventado?

–Sí, eso es. Estaba ahí apoyado en la pared del portal de al lado de la discoteca, mirándome. Al menos cuando lo ví yo, me estaba mirando. Parecía que estuviera esperándome, no sé, yo tuve esa sensación como algo casi seguro, como algo muy lógico. Yo le dije que me iba, me dijo que le ayudara con el móvil, me vio ir por mis cosas y esperó fuera. Puede ser...

–¡Por supuesto que puede ser! Pero entonces no entiendo por qué no le escribes.

–¿Eso qué tiene que ver?

–Pues, que ya no digo que te diera su número de teléfono con ninguna intención más allá, ok, como quieras. Pero que, si tanto sentido tiene que estuviera esperándote fuera, ¿por qué no vas a poder tú escribirle para saludarle ahora?

−No sé, es una sensación que tuve, como algo que está sólo en mí y puede que también en él, pero que no puedo explicar. Yo sé que, cuando lo vi fuera, no me sorprendió, como que, de alguna manera, sabía que iba a estar ahí. Y si me preguntas, incluso creo que él sabía que yo sabía que me lo encontraría ahí fuera.

−Creo que sé a qué te refieres.

−¿De verdad?

−Es lo que pasa cuando dos personas se gustan, que se buscan y lo saben.

−Ay Sonia, pero no me estás atendiendo.

−Yo te estoy atendiendo, pero tú te tienes que relajar. Que pareces nueva en esto, como una ex monja.

−Una ex monja no, pero he estado los últimos diez años con novio. No me basta con un reseteo, aun me tengo que descargar un montón de aplicaciones. −Las dos nos reímos, porque las metáforas ayudan a reírse de las cosas y, cuanto más absurdas, mejor−. ¿Quieres otro? −le pregunto señalando su vaso de vermut vacío.

. . .

−Sí, los pido. −Sonia hace un par de gestos con la cara a la camarera, que asiente con la cabeza, sonriente−. Bueno, tienes su número y quieres hacerlo, yo creo que deberías escribirle. La vida es así, hay que vivirla. No digo que no haya posibilidades de que pase de ti, puede que esa noche fuera muy borracho y que ni siquiera se acuerde, o que se acuerde poco, o que sólo estuviera echando el rato sin pensarlo mucho. Puede que te pillara fuera de casualidad y justo te estaba mirando cuando tú lo viste. Sí, pueden ser muchas cosas. Pero a ti te gustó y te apetece saludarlo y ver cómo responde. A veces, si te fijas, no hay que darle más vueltas a las cosas.

−Ya, si tienes toda la razón… Eres muy sabia.

−¡Y voy a serlo más! −dice levantando los dedos índice y corazón que sujetan un cigarro−. Acabas de pasar por uno de los momentos más duros de tu vida, acabas de romper con tu pareja de toda la vida, ¿y me estás diciendo que te asusta decirle "hola" a un tío por WhatsApp porque cabe la posibilidad de que no te conteste?

−Jajaja… ¡totalmente, cuánta razón! Qué idiotas somos…

−Perdona, estamos hablando de ti ahora mismo. −Me sonríe y me guiña echando el humo−. Pero sí, tienes razón, somos idiotas. −Nos traen los vermuts y Sonia levanta el suyo dirigiéndose a mí−. Vamos a brindar por tu primer polvazo post-ruptura con… ¿cómo se llama?

−Juan Ignacio

−Con Juan Ignacio.

· · ·

—Bueno, al menos eso creo recordar. Igual es algo parecido, no sé.

—Bueno y ¿qué pasó entonces?

—Pues para mí fue todo un poco de película, ¿sabes? Yo fui directa hacia él, no nos dijimos nada, sólo me ofreció un cigarro, lo cogí, luego me lo encendió y nos dijimos nuestros nombres. Todo sin dejar de mirarnos, te lo prometo. Bueno, quizá miramos por un momento la llama del mechero mientras nos encendíamos los cigarros, lo normal.

—Madre mía menudo amor, ¿y luego?

—¡No hablo de amor! Pero, quiero decir, que fue todo muy rodado.

—Te entiendo. Cuéntame más.

—Pues me dijo que me acompañaba, pero le insistí en que no hacía falta. Le dije por donde donde vivía y me acompañó bastante.

—¿Vinisteis andando hasta aquí?

—Sí, bueno, yo sí. El tuvo que andar incluso más porque vive por Les Encants.

· · ·

–¡Wow! ¡Vaya pareja de deportistas!

–¡El alcohol lo puede todo!

–Totalmente, pero menos mal que ibais andando y no en moto.

–Noo, no. Deja. Además nos sentó muy bien el paseo, no parábamos de decirlo. Y bueno, no sólo que nos diera el aire, sino la compañía, la conversación, las risas. Como que todo surgía sin problemas. Yo encajaba sin problemas, sin presión. Estaba allí, contenta, a gusto, sin pensar en el final del camino, sin desear llegar a casa cuanto antes, como suele pasar cuando vienes de fiesta.

–Sí, cuando te montas en un taxi como un zombie y dices "por favor, señor, teletranspórteme a mi casa"

–Jajaja, exacto.

–¿Y no pasó nada? ¿Ni un besito de buenas noches?

–No, ni un besito. Yo ni siquiera lo esperaba y supongo que él tampoco. Creo que así fue perfecto. Me dejó a la altura de Verdaguer, me dio medio abrazo y un beso en la mejilla. Me dijo que se alegraba de conocerme y que descansara. No, no esperaba un beso, pero la verdad es que se fue de repente y tan tranquilo, después de todo el paseo. Como cuando se fue, después de bailar conmigo.

. . .

–Vaya, que te quedaste con todas las ganas.

–No, no es eso. Voy al baño, no puedo más.

–Vale, pues el baño es un buen lugar para pensar. Yo ya le hubiera escrito –me dice rápidamente, mientras me levanto –. ¡Y pide unas bravas o algo!

Esa noche, justo cuando llego a casa, recibo un mensaje de Juan Ignacio. "Imposible", pienso, "él no tiene mi número". Pero al abrir la conversación veo que no es que me haya escrito, es que me ha contestado.

EL TELÉFONO

*L*levo con el corazón a mil por hora desde que descubrí que había un mensaje mío arriba del suyo. Desde que me di cuenta de que lo de él era una respuesta a mi saludo y no un mensaje de la nada, lo cual ya me había puesto nerviosa, ¡pero no tanto! Ha sido nervio sobre nervio de un segundo para otro. Se me han pasado tantas ideas por la cabeza en tan poco tiempo que no sabría ni ponerlas en pie, porque ahora mismo las tengo todas a la vez palpitando dentro de mí. Sé que si sigo exagerando sólo conseguiré asustarme más a mí misma, pero es que, bueno, ya estoy asustada. ¿Cómo no voy a estarlo? ¡Si yo no he escrito nada! Claro, lo que me da más impresión y más susto de todo es la sensación fantasmagórica y de falta de control que siento al ver que sí que lo he escrito, porque está ahí. Me asusta la idea de descubrir que hago cosas de manera inconsciente, o que tengo memoria de pez, que las hago y luego se me borran del cerebro.

Siento un poco de ansiedad y tengo miedo de que el agobio aumente hasta encontrarme mal de verdad. ¿Seré, además de senil, hipocondríaca? No quiero mirar más el móvil, así que lo dejo sobre la mesa bocabajo, me siento en el sofá y me echo en el respaldo con las manos sobre mis muslos. Intento respirar. Mi cara debe de ser un poema. Estoy muy extrañada, ¿cómo puede ser que le haya escrito y no me acuerde si sólo me he tomado 3 vermuts? Llamo a Sonia con el fin de, al menos, desahogarme.

–¿Qué? ¿Te ha contestado?

–¿Cómo?

–Ay, no sé… ¿cómo que cómo?

–Sí, sí. Pero es que tía, no me acuerdo de haberl… Nooo… ¿Sonia, en serio?

–Ay, claro, tía, he sido yo. ¡Joder, estás rayadísima! –Nadie dice nada–. Elia…

–Buff… Me he agobiado un montón, ¿eh? He visto que me ha escrito, no entendía nada, luego he visto que yo le había escrito y ya me he vuelto loca. ¿Cuándo ha sido? Buf, ¿no te puedo dejar sola?

–A ver, yo es que contaba con que verías mi mensaje después del bar (tu mensaje, quiero decir) y, directamente, te enfadarías conmigo… Lo escribí cuando te fuiste al baño. ¿Te ha contestado?

–¡Sí! –respondo enfadada.

–Y ¿qué te ha dicho?

–¡No lo sé!

–¡Pues léelo!

–"¡Elia! ¿Qué tal? ¡Ya pensé que no ibas a escribirme más" y un guiño con la lengua fuera.

–¿Cómo que más, si no le habías escrito nunca?

–Sí, es lo que quiere decir, pero es que es argentino…

–¡Ahh! ¿Sí o qué? ¡No lo sabía!

–¿Cómo se te ocurre? Y te has dirigido a él como Juan Ignacio, ¿y si no era ese su nombre? ¡Es que no te las piensa!

–Y mira lo que pasa cuando no te las piensas, ¿no te hace un poco de ilusión?

–No me ha dado tiempo ni de pensar en eso… Jo, Sonia, lo siento, creo que parezco un poco loca, ¿no? ¿lo parezco? Es que me he puesto muy nerviosa al ver que me ha escrito. Bueno y ya no te imaginas al ver que, por lo visto, yo le había escrito antes. Menuda rayada…

–Ya, me imagino, perdóname, puede que me haya pasado un poco ¡Pero no me arrepiento, te lo digo!

–No ya... si, en realidad, se ha acordado de mí.

–Pero claro, mujer, ¿cómo no se va a acordar? Por favor, cálmate y vive esto con un poco de naturalidad. Deja de dudar y de sorprenderte por todo. Disfruta.

–Si lo sé, Sonia, a ver, yo tonta no soy. Ya estoy tranquila, pero es que me he puesto nerviosa. ¿No te pasa a veces que te da miedo lo veloz de internet, lo difícil de controlar lo que una dice y deja de decir, y quién se lo dice o cómo? Ay yo qué sé... Es que ha sido una sensación, de golpe, como de... "ya la he liado"...

–Sí, sí, sí, como cuando estás hablando con el que te gusta y tu te crees que se lo estás contando a tu amiga en otra conversación, pero de repente te das cuenta de que se lo estás contando a él. Y es como terrible, ya no hay nada que hacer.

–Sí, exactamente esa sensación. Qué mal rato... Qué fuerte, ¿qué le digo? ¿"No te he escrito porque me daba vergüenza"?

–¿Te imaginas? No, sé tú misma, pero no te pases. Dile la verdad, por ejemplo, que vienes de tomar algo con tu amiga, que hasta hoy no habíais podido comentar la salida del viernes pasado y así ya sacas el tema. Creo que hay que ser así, directa, y que es mucho mejor eso que ponerse a hablar de cualquier cosa como si estuvierais obligados, como dos vecinos en un ascensor.

–La verdad es que tengo miedo de que sea el típico cabrón, Sonia. Igual por eso estoy más nerviosa, porque no me fio un pelo.

–Ya, pues eso ya sabes que no podemos descartarlo, simplemente por una cuestión de probabilidad. Pero tampoco vas a dejar de conocer tíos. Eres hetero, es lo que te ha tocado, tienes que tirar para adelante y jugar. Piénsalo como un juego. Los juegos no están hechos para sufrir. Así lo vivo yo.

Qué felices seríamos, de verdad, no sólo yo, sino también Sonia, si hiciéramos caso a sus propios consejos. Es buena, es muy buena dándolos. Y es cierto que, la mayoría, ella los lleva a cabo en su propia vida. Soy yo la cuadriculada y la miedica.

No contesto a Juan Ignacio en seguida. No me apetece, y menos después del susto, estar dándole vueltas a qué le digo y qué no le digo, cuando lo que en realidad yo tenía que hacerme era la cena y comer algo, para irme a la cama, leer un rato y descansar, que mañana hay que madrugar de nuevo. También un poco de cal, después de haber dado una el primer paso, no está de más y siempre viene bien.

Esa es la teoría. La práctica es que me hice la cena corriendo para, mientras engullía y masticaba la ensalada como una llama en el prado, chatear con él, prestando la misma atención a la conversación que la que se le debe prestar a una partida de póquer. La atención proporcionalmente inversa a la que le prestaba a la ensalada. Y aquí es donde empieza todo. Cuánta falta hace la emoción en nuestras vidas.

Nos contamos qué hemos hecho hoy: yo al fin me he enfrentado a la situación en mi trabajo, le he comunicado a mi jefe mi descontento con la prolongación del contrato de prácticas y me ha respondido que va a considerar un comienzo en plantilla para que pueda continuar a gusto. Estoy más contenta ahora que se lo he contado a Juan Ignacio y me ha felicitado por la gran noticia. Es una alegría distinta de la que he sentido al contárselo a Sonia, ella es más parte de mí. A veces no sabemos valorar justamente las cosas hasta que se las contamos a un desconocido.

Por su parte, mi nuevo desconocido, hoy ha llegado tarde a la primera clase de su Máster porque se ha quedado dormido y, por la tarde, ha hecho una videollamada con su abuela. Me encanta que me hable de su abuela. Nos contamos qué estamos cenando y nos mandamos las fotos del plato. Algo ridículo y maravilloso al mismo tiempo. Parecemos idiotas, pero, innegablemente, el intercambio de imágenes de nuestra intimidad inmediata nos acerca.

En un momento dado, nos damos cuenta a la vez de que llevamos dos días de conversación ininterrumpida. Nos decimos el uno al otro lo bien que lo pasamos la madrugada del sábado de vuelta a casa y estamos de acuerdo en que deberíamos quedar en la esquina en la que nos despedimos el otro día, por eso de continuar justo por donde lo dejamos. Sugiere que, como arquitecta que soy, podré contarle muchas cosas acerca de la ciudad. Le digo que la ciudad es enorme y que, quizás, lo mejor sería pasearla en bicicleta, para que nos dé tiempo de ver más cosas. Me promete que tendrá una para entonces.

La semana se me ha pasado volando, ya es jueves y estoy deseando verlo. Pero creemos que es mejor quedar el sábado para aprovechar el día. La idea me tranquiliza, ya que el viernes es mañana, y eso es demasiado pronto y me pongo nerviosa. Es absurdo, ¿cuántos años tengo? ¿doce? Esto no me gusta, me indigna, tengo la sensación de que, a diferencia de mí, él está tranquilísimo. No es justo. A veces él me contesta a las horas de haber recibido un mensaje y yo no puedo evitar hacerlo casi inmediatamente. ¿Cómo lo hace? Es imposible no pensar que él no está tan emocionado como yo, si observamos el comportamiento de cada uno y lo comparamos.

Sonia me ha dicho, con toda la razón del mundo, que yo ni soy bióloga, ni antropóloga ni nada como para tener que observar y comparar el comportamiento de nadie, que me relaje y haga lo que me dé la gana y lo disfrute. "Las mujeres nos pasamos la vida pensando en los hombres y tenemos que aprender de una vez por todas a pensar en nosotras". Cómo se puede tener tanta razón. ¿Cuándo van a inventar algo para poder llevar a amigas como ésta a las citas? Sonia sería de gran ayuda si alguien la pudiese reducir en tamaño para que cupiese en el bolsillo de mi chaqueta. Es una idea estúpida por imposible, pero me lleva a pensar, después de reírme un poco para mí misma, que hay una solución realista. Tendré que actuar en cada momento como ella me aconsejaría que lo hiciera. Y sé que sé hacerlo, perfectamente. Todo se reduce a confiar en mí y, como ella ha dicho, a hacer lo que me dé la gana.

Ya es sábado y hace un sol de invierno espectacular. Después de tener el tema del modelito (como lo llama Sonia), en la cabeza toda esta semana, he decidido recurrir al truco del armario: mantener la primera idea que tenía en la cabeza, ir a por ella y ponérmela. Algo cómodo y sencillo, que me guste cómo me queda y que no dé cabida a ninguna rayada. Así que me pongo los vaqueros altos, el jersey rojo abombado y las Reebook. Sonia opina que el rojo es una gran opción, una buena jugada por mi parte que, asegura, tendrá que ver con la suerte del principiante y no con las reglas del marketing sexual (así lo ha llamado) que yo desconozco.

Está más emocionada que yo con este acontecimiento, ya que lleva viviendo toda su vida amorosa sin mí y, por tanto sola. En un primer momento, yo reaccioné a este apunte ofendida, pero enseguida lo entendí. Yo no había vuelto a estar soltera como desde que se extinguieron los dinosaurios, eso por un lado; por otro, la última vez que lo estuve, allá por el paleolítico, no teníamos una edad de citas. Éramos muy pequeñas, ligábamos de otra manera, los acontecimientos propios del flirteo se desarrollaban, más bien, adaptándose a las rutinas del barrio, integrándose en el calendario como los besos en un juego de manos. Sonia tiene algunas amigas más, pero es cierto que no es lo mismo: hay amigas, buenas amigas, a las que cuentas las cosas y bien, hay otras a las que das el parte. Es como una obligación puesto que tu historia, también es la de ellas. Nosotras nos damos el parte. Sonia y yo lo estamos pasando mejor que nadie. Y sobre todo ella. Si Juan Ignacio descubriera un ápice de la diversión que está habiendo entorno a su sábado, fliparía.

Hemos quedado, a las 12 del mediodía, donde nos despedimos la última y única vez que nos vimos, en Verdaguer, en la Gran rotonda donde se cruzan Paral-lel y Paseig Sant Joan. Camino junto a mi bicicleta y, a sólo unos pasos de llegar, con tres minutos de retraso, lo veo venir subido a la suya, acercándose por el paso de cebra entre la gente. Frena despacio junto a mí, las gafas de sol nos protegen de la exposición al sol y a la mirada del otro, nos sonreímos mucho, claramente algo nerviosos pero no incómodos. Se baja de la bici y me pregunta hacia dónde vamos.

–Te vas a enfadar, pero voy a hacerte ir de vuelta a tu casa…

–Oh, pero, ¿por qué? ¡Es la cita más corta que tuve en mi vida! –dice divertido.

–Jaja, ¡no! Vamos juntos. –Sonrío y nos subimos a la bici.

VAMOS

$\mathcal{V}$amos despacio, no hay mucha gente por el carril y, una vez cruzamos, nos subimos a las bicis y comenzamos a pedalear sin prisas.

–No me incomoda que seas tan directa, de hecho me halaga, pero no esperaba que subiríamos tan rápido a mi casa –me suelta esto mientras pedalea para colocarse a mi altura. Giro la cabeza para mirarlo y me mira. Y miramos hacia delante y volvemos a mirarnos. Entonces suelto una carcajada y él me sigue.

Me hace reír, me siento muy cómoda. Y muy feliz: todo es nuevo.

–¡Che, pará un momento! –Se aparta a un lado frenando y me paro con él. –Te quería preguntar si conoces la rotonda que acabamos de pasar, donde hemos quedado. ¿Tiene algo que ver con Verdaguer, la parada de metro? Y bueno, igual no sé qué es Verdaguer –ríe.

–Verdaguer fue un poeta de finales del siglo XIX y principios del XX. Fue una figura muy importante en las letras catalanas, sobre todo después de un momento en que habían estado bastante desaparecidas, él las renovó. Su nombre completo no lo recuerdo ahora. También fue sacerdote.

–¡Wow! Genial, ¿puede que haya elegido la mejor guía de Barcelona?

–Bueno, he tenido suerte con la pregunta. –Me avergüenzo y miro los pedales re-colocándolos con el empeine, mientras disimulo. Los pedales simbolizan la huida y mi cerebro se ha dado cuenta–. No lo sé todo de la ciudad. –Asomados al borde de la avenida, observamos el gran monumento sobre la glorieta, que acabamos de dejar atrás –Al monumento se le suele llamar también El cuervo o la Palmatoria. Y sí, tanto la glorieta como la parada de metro, son en homenaje a él.

–Un chavo re importante. Y seguro que nadie sabe esto, por mucho que lleven viviendo aquí toda su vida, ¿viste?

–Totalmente, seguro que lo sabe menos gente de la que debería. Yo me enteré hace unos años, de casualidad. –Coloco el pie sobre el pedal, él hace lo mismo y retomamos el camino.

La avenida Diagonal atraviesa toda la ciudad y puede llegar a ser bastante ancha, dependiendo del tramo. La parte que nosotros paseamos ahora está formada por dos o tres carriles en el centro para cada dirección y a los lados dos isletas paralelas. Entre éstas y las aceras, hay un carril de coches más por cada lado. Nosotros vamos por el carril bici sobre una de estas isletas peatonales, bajo la sombra de una hilera de árboles que hacen el camino más íntimo y tranquilo.

–¿Te apetece pasar por la Sagrada Familia?

–¡Y claro! ¿Ruta turística especializada en Arquitectura sin la Sagrada Familia?

–¡Vale! Pues voy delante, sígueme.

Nos desviamos unos metros hacia Provença, una de las calles que queda cortada por Diagonal, y en seguida llegamos a nuestra primera parada. Aparecer aquí siempre es maravilloso: de repente, el sonido de los coches baja su intensidad hasta quedar en un segundo plano, al tiempo que te adentras en una especie de bulliciosa calma. Las calles son casi todas peatonales al rededor de este edificio tan emblemático, donde sólo hay algunos carriles simples para automóviles. El ambiente es súper agradable, hay terrazas y aceras anchas llenas de gente ociosa, disfrutando de su merecido, escapando del estrés de la ciudad. Nada de tiendas, más allá de alguna librería o zapatería, aunque aún turística, nada comparado con las Ramblas o Passeig de Gràcia, lugares mucho más atestados y estresantes.

Cuando piensas en Barcelona aun sin haberla visitado nunca antes, se te viene a la cabeza este emblema, símbolo de la ciudad como la Torre Eiffel lo es de París. Sin embargo, creo que nadie se imagina que la encontrará en un lugar tan recogido y tan íntimo. Aparcamos las bicis junto al parquecito que hay a los pies de la basílica. El espacio parece pequeño al rededor, pero cuando comienzas a girar el cuello hacia arriba, el paisaje se transforma y los ojos te tardan unos segundos en acomodarse. Es enorme y, aunque da rabia verla cubierta de andamios y grúas, esos mismos detalles son parte del encanto: saber que está siendo construida en estos momentos, sobre los planos de un artista que ya no está para verlo.

–Es una pena que muriera y que se esté perdiendo la realización, al fin, de su obra maestra. – Reflexiona Juan Ignacio y, sin dejar de mirar hacia arriba, se sienta en uno de los bancos junto al estanque del parque.

–¿Sabes cómo murió? –Me mira para que continúe–. No murió de viejo, aunque tenía 73, no lo era tanto. Un día de junio iba a pie hacia la iglesia de San Felipe Neri, a hacer una visita y a confesarse como hacía de vez en cuando, cuando un tranvía lo atropelló.

–¡No! ¡Qué rabia! Es una muerte estúpida, pero, en una personalidad como la suya, llama más la atención. La muerte es aleatoria, nos llega a todos y a cualquiera por igual, sin importar quien seas.

–Totalmente… Sobre todo, fíjate, esto va a reafirmar más lo que acabas de decir. Él iba siempre vestido con ropas viejas, como que tenía una imagen muy dejada ¿no? Como la de un vagabundo.

–¡Como un autentico bohemio!

–Sí, como un artista de la época, de los grandes, sólo obsesionado con su trabajo y los motivos trascendentales que movían su arte y su espíritu, supongo. Pues cuando lo encontraron tirado en la calle, pasaron de él, vaya, que no lo atendieron con ninguna prisa. Nadie supo quién era ese cuerpo en mitad de la Gran Vía hasta que, en el hospital en el que estaba, (que no era un hospital para gente rica o importante, que se diga), el capellán de la Sagrada Familia lo reconoció entre los enfermos.

–Este mundo es así de injusto.

–Sí. No sé si entonces aquello pudo haber hecho reflexionar a alguien. Pero el caso es que ya no pudieron hacer nada para salvarle, era demasiado tarde. Y murió dos días después. –La excusa de la cita ha sido ideal para los dos, pero sobre todo para mí, que así tengo un tema del que hablar todo el rato y con el que, además, me siento segura.

–Aunque no sea lo mismo, porque Gaudí sí que trabajaba como arquitecto ya en sus tiempos y era una personalidad conocida en su tierra y su entorno, me ha recordado un poco a la historia de Van Gogh, en el sentido de la repercusión que tiene una obra una vez muerto el artista. Impresiona la diferencia que hay, de lo divino a lo más mundano. Van Gogh vivió sin poder recibir un duro por su arte y, hoy, puedes encontrar cojines con sus dibujos en cualquier bazar de barrio, por sólo unos euros. –Le respondo asintiendo con la mirada calma y fija en la imagen del nacimiento de la fachada–. Te parece que he dicho una tontería –ríe.

–¡No, no, para nada! Precisamente estaba pensando en lo que decías, te entiendo y sé a qué te refieres –le explico mientras me giro hacia él sobre el banco y, en un impulso de acercarme un poco más, mi rodilla se topa con su mochila. –¿Qué llevas aquí? –Me sorprendo de lo llena que me parece.

–He preparado un picnic –dice poniendo las manos y la mirada sobre la mochila. Tiene las manos grandes, anchas, rectas y fuertes. Qué importantes unas manos bonitas. Tenía que tener las manos bonitas, me di cuenta cuando me encendía el cigarro, en la puerta de Antilla.

Estas manos gigantes y sexis han preparado un picnic, me derrito.

–¿De verdad? –le digo mostrándole alegría. No quiero que se sienta estúpido, ni que crea que pienso que es un cursi, o algo así. –¡Qué buena idea! Yo no había pensado en nada, qué desastre...

–Bueno, tampoco es mucha cosa, algo rápido y sencillo –sonríe–. Pero vi que hacía muy buen día y pensé que sería lindo poder sentarnos en algún parque, qué se yo.

–¡Claro! Genial. –Intento parecer agradable y normal, pero por dentro estoy descompuesta de lo lindo que es. Me tiraría encima suyo, pero sé que eso no sería nada parecido a lo correcto y sólo espero que no se me note toda esta movida contradictoria en los músculos de la cara. Así que me giro de nuevo hacia delante mostrando una energía que disimule mi timidez–. A ver, Barcelona está plagada de gaudís. Están la Pedrera y la casa Batlló en Paseo de Gracia, el Palacio Güel en la calle Nou de la Rambla, las farolas de la Plaza Real… buf, no sé. Gaudí está por toda Barcelona.

–Podríamos hacer un día entero de turismo sólo dedicado a él.

–Buf… o incluso más de un día, unos cuantos.

–Okey, por mí bien. –Me sonríe un poco tímido y yo me avergüenzo de inmediato porque no me esperaba esa respuesta; sonrío sin mirarlo y mis ojos me ayudan entrecerrándose, como si el sol les molestara.

–Bueno, todavía tenemos que comer juntos y todo. Igual en un rato ya no me caes tan bien como ahora –le digo, como defendiéndome y tonteando al mismo tiempo, o algo así, no sé, cuando hago estas cosas no soy yo la que llevo el volante, joder, estoy nerviosa, pero me gusta–. ¡O al contrario! –Digo por si la estoy cagando, para evitar que se sienta ofendido–. Puede que yo de aquí a un rato ya no te guste a ti. –"Te guste", he dicho "te guste". Voy a actuar natural, ya ha recibido el mensaje, doble check azul, no hay nada que hacer, más que continuar con la cabeza bien alta.

–Bueno, sí, tenés razón, pero por ahora me gustás. –Me ofrece la mano y espera la mía, que llega medio segundo más tarde. Sobre ambas, agarradas en un movimiento casi imperceptible arriba y bajo, nos mantenemos en una sonrisa tímida y desafiante.

Sin soltarme, se levanta del banco y me lleva con él hacia arriba. Entonces me suelta para colocarse la mochila y yo cojo mi bici por el manillar.

–Lo que había pensado era continuar dirección a tu zona para ver el mercado de Els Encants, que es todos los sábados, ¿te apetece? Estamos muy cerca. Luego podemos volver por Poble Nou y bajar a la playa, o acercarnos al parque de la Ciutadella y comer allí.

–Me apetece todo, tú eres la jefa, yo te sigo.

Tiene gracia eso de que yo soy la jefa. Mi bici va delante, pero, claramente, soy yo la que lo va siguiendo a él. Lo tomaré como una señal de la voz de Sonia usurpando su cuerpo para comunicarme las ovaciones y gritos de guerra que necesito en este momento. Aunque creo que no lo estoy haciendo mal. "Eres la jefa, tu propia jefa", me diría Sonia. Pero él tiene una fuerza difícil de explicar, como una seguridad inquebrantable y algo intimidante; que me atrae, pero a la que, al mismo tiempo, no estoy acostumbrada.

Miro para atrás y en un primer momento lo he perdido, así que giro con la bici y deshago un poco el camino hasta verlo tras la curva que acababa de girar, bajo la sombra de un árbol del parque. Se ha parado con el perro de una chica, está acariciándolo y charlando con ella.

—No te veía —digo resuelta mientras freno la bici y apoyo los pies en el suelo.

—Se me cruzó este muchacho y casi lo atropello.

—Ay, no, qué susto. ¡Es precioso! —me dirijo a la chica súper simpática. Yo puedo ser súper súper simpática.

—Perdón, prometo avisarte a la próxima. Me asusté al ver el perro y se me fue. Menos mal que tú te has dado la vuelta.

—¡Sí, menos mal que me ha dado por ahí! Pero no te preocupes, sólo te has parado un segundo, lo que pasa es que, al ir en bici, nos hemos alejado muy rápido. —Intento, por mi bien, tomármelo de la mejor manera y no darle importancia. Que la verdad es que no la tiene, no son celos, pero es que él me desconcierta.

La zona de Els Encants es una zona más moderna que se encuentra ya casi en Poble Nou. Las calles son extensiones de suelo bastante amplias, en un espacio en el que apenas hay edificios, por lo que el sol pega fuerte. Y tampoco hay mucho trafico, ni siquiera de peatones, así que resulta mucho más tranquilo que otras zonas más concurridas, hasta que llegas al mercado, a cuyo costado aparcamos las bicis. Él me sigue y bajamos una cuesta que nos lleva hasta la puerta principal.

—He pasado unas cuantas veces por aquí pero no me había fijado, quizá porque no lo había visto lleno todavía.

—Sí, puede ser, llama mucho la atención cuando está lleno. Si te fijas, desde lejos se puede ver muchísima gente dentro. Más de la que hay, en realidad, y es por esto −le señalo al techo.

−Che, ¡qué lindo! ¿Son espejos? Claro y como están todos doblados, da la sensación como de más volumen ¿verdad?

−Eso es. El techo es como un papel desdoblado. Me gusta también que parece que es de color dorado cobrizo, pero no, es cristal, son espejos y el dorado cobrizo es el color de Barcelona reflejado.

−¡Te encanta Barcelona!

−¿A ti no? −le sonrío.

−Y cada vez más −Me sonríe desafiante con sus manos en los bolsillos y yo aparto la mirada con la excusa de seguir contándole sobre el lugar.

−Este "edificio" −digo marcando las comillas con los dedos− se construyó con este fin en 2013, no hace mucho, y entonces el mercado pasó a hacerse aquí dentro. Antes era en la calle, ahí al lado, a unos metros. Lo guay es que ahora puede seguir ofreciéndose aun cuando llueve y, al ser abierto por todos sus lados, mantiene su esencia de mercado al aire libre. El techo es sólo un toldo.

−Es muy bonito, da una sensación muy acogedora. Te hace como consciente de donde estás y de lo que formas parte −me quedo alucinada con lo que acaba de decir. Y le miro su rostro tranquilo, seguro y perfecto−. ¿Qué?

−Es así lo que dices, de verdad. Bueno, al menos para mí lo es. Sólo que yo nunca lo hubiera dicho de esa manera.

−¿Cómo lo hubieras dicho vos?

−Pues con menos poesía desde luego. Yo siempre había pensado que la forma de los espejos recogía Barcelona entera en un lugar. Si miras arriba, ves el exterior y el interior del mercado al mismo tiempo. Y un mercado, tradicionalmente, siempre fue el lugar de encuentro. Es el centro de la ciudad, el lugar de la gente, que es la que la levanta cada día. Es lo que lo diferencia de los centros comerciales actuales, que supeditan la figura de los usuarios a los pies de las grandes marcas, que los oprimen.

−Bueno, es una forma negativa de verlo.

−No es negativa, es real. Como lo es este lugar, real, y para mí muy positivo. –Intento no mostrar mi enfado. No me ha gustado lo que ha dicho, pero, al fin y al cabo, nadie es perfecto. Nadie dijo que tuviéramos que tener cosas en común, es sólo una cita.

–Es cierto. Pero bueno, a la gente le gustan los centros comerciales. –Me lanza una medio sonrisa–. Te había visto un poco enfadada, sólo era eso. –Seguimos caminando despacio entre los puestos de antigüedades, uno al lado del otro.

–No, no estaba enfadada. A veces me enfada el mundo, pero vivo con ello. –Entonces me rasca la cabeza como en un gesto de cariño que a mí se me antoja una corriente eléctrica por todo el cuerpo. Luego me rodea los hombros con ese mismo brazo, dejando la muñeca apoyada junto a mi cuello.

CAMINANDO

$\mathcal{E}$l día transcurrió como una semana entera. No sé si es algo que tiene que ver con su personalidad, natural, cariñosa y desvergonzada, o con la conexión tan fuerte que ha habido desde el principio entre los dos, pero siento que estoy con una persona que conozco desde hace mucho, aunque al mismo tiempo sé que no conozco de nada.

Después de comer tirados en el parque de la Ciutadella, continuamos por la avenida del Paral·lel para subir a Montjuic. Desde el mirador de l'Alcalde se ve toda Barcelona, del puerto hasta el Tibidabo, en la parte más alta. Y hemos llegado a tiempo para ver el sol terminar de ponerse.

—En realidad el sol no puede verse nunca a esta hora.

—Cierto, se pone por el sur. Por aquí alucinaréis con los amaneceres.

—Así es. Pero en verano, el día de playa comienza antes en esta parte de la península. A veces puedes salir muy temprano a darte un baño, incluso a las siete de la mañana, y no pasas frío. Porque tienes el sol encima. —Nuestros brazos, apoyados en la baranda del mirador, también están apoyados entre sí, pegados el uno al otro. Yo miro hacia delante y él, de repente se aparta y agarra la baranda con los puños.

–Oye, escuché o leí algo, no lo recuerdo... sobre el plano de Barcelona y la posición del sol... ¿Puede ser? Y, digo, ya que tengo a una arquitecta al lado que todo lo sabe.

–Bueno, todo todo no lo sabe... Hay muchas cosas que no entiende. –Me arrepiento al instante de lo que acabo de decir. No quiero parecer molesta por la manera en que acaba de apartarse e intento que no se me note siquiera distraída. Tengo que hacer que obvie lo que acabo de decir–. Pero sí, puede ser. No es todo así, pero hay algo de lo que dices. Y hoy hemos pasado por todas estas calles que, digamos, tienen su nombre por algo. Te acuerdas de la primera avenida que cogimos, ¿no?, cuando nos encontramos.

–Claro, donde el poeta Verdaguer –me sonríe exagerado como un niño.

–¡Bien! Pues esa, la Avenida Diagonal, que corta el distrito central del ensanche en diagonal (lo atraviesa como una espada). –Hago un gesto con la mano como cortando el infinito valle de edificios que tenemos frente a nosotros–. Esta llega hasta Avenida Meridiana, que está allí –señalo con el dedo–, cortando con ella en perpendicular.

–Sí, la veo.

–Es la que bajamos después del mercado, cuando fuimos al parque.

–Ajá, la recuerdo.

–Tiene que ver con un meridiano terrestre. No sé decirte cuál es su número ahora... Pero bueno. Igual ocurre con Paral-lel, la última que hemos tomado para llegar aquí, que coincide con un paralelo. A menudo los diseños de las ciudades se trazan así, bajo las referencias de los puntos cardinales. Pero en Barcelona quedó marcado tal cual, con sus nombres, directamente. –Contemplo mi ciudad satisfecha. Lo miro a él de reojo, sin disimular, y veo que también la está observando con admiración.

–Total, que llevamos todo el día recorriendo este monstruo en bicicleta.

–¡Sip! –digo al tiempo que se me dispara un bostezo.

–¡Y, mirá, estás cansada!

–Bueno un poco. Y tú ¿estás bien? ¡tienes frío! –Con las manos en los bolsillos se encoge de hombros: dice que no, pero tiene frio.

–Yo estoy bien con el jersey, es súper abrigado, ¿quieres ponerte mi gabardina? Algo de frío te cortará. –La saco del bolso, que está en la cesta de la bici–. Es bastante ancha –digo mirándola, mientras la suelto y se la enseño, manteniéndola cogida de un pellizco con ambas manos, por las hombreras.

–Bueno, si tenés frío me decís. –Me mira antes de ponérsela–. ¿Me lo prometes? –asiento y se mete en mi gabardina, prenda envidiada. Si tuviéramos confianza le soltaría un "quién fuera gabardina", mientras se la coloco, y entonces él me giraría para besarme y me llevaría contra la baranda del mirador, colocaría sus manos a ambos lados, agarrándose a ella con los puños cerrados, como hizo antes, pero esta vez conmigo en medio, impidiéndome escapar.

Fantaseo porque, en la vida real, el sexo no es así. Además, aún ni si quiera sé si le gusto. Antes dijo que sí, pero lleva todo el día conociéndome. Todo este día, que para mí ha parecido como varios días, por su intensidad. Una intensidad buena que no quiero que termine. Pero sigo confundida. Fantaseo y, mientras, él se ha sentado en el banco de piedra que marca el borde de la fuente. Juraría que acaba de hacerlo, pero ¿y si me he quedado traspuesta dándole vueltas a mis estupideces y ahora piensa que estoy loca? Quiere irse, creo que está aburrido. Le hubiera gustado que hubiera algo entre nosotros, pero no lo ha encontrado.

–¿Nos vamos? –me dice de repente.

–Vale –contesto, pretendiendo dar la impresión de que no estoy decepcionada.

Bajamos Montjuic apenas comentando cosas banales. Tal vez yo hablo mucho porque no soporto los silencios incómodos. Y tal vez, si me callara, sabría si los hay. Que, tal vez, no serían siquiera silencios incómodos. No sé. Me doy cuenta de que me mira mientras hablo. A veces yo lo miro a él, pero sólo un segundo, temiendo que se me note la cara de idiota. Nos reímos. Lo estamos pasando bien, no sé por qué me empeño en ocupar este tiempo haciéndome preguntas, probablemente sin motivo. Cuando hemos llegado a Paralelo se para, una mano en el bolsillo del vaquero, la otra en el manillar de su bici de carreras. Mi gabardina es lo que le faltaba para parecer modelo.

—Bueno ¿entonces nos marchamos ya para casa? —dice, mirando a los coches que pasan frente a nosotros.

—Sí, eso te entendí arriba ¿no?

—Sí, bueno, ¿viste? Te noté cansada.

—Sí, pero como quieras, ¿eh? —Esto es muy incómodo. Yo no quiero irme, ¿él se quiere ir?

—Sí, claro, tranquila, es tarde y hemos estado todo el día fuera. Descansemos.

—Bueno —no sé qué decir— yo voy por aquí.

—Dale, te acompaño a casa. —Sigue comportándose con esa tremenda seguridad. Siento el rechazo de saber que quiere irse, al tiempo que no comprendo por qué me acompaña.

Cuando llegamos al comienzo de mi calle nos bajamos de la bici. En este tramo estamos prácticamente solos, es una calle pequeña y silenciosa sobre la que nuestros pasos suenan como el ruido que hace una bolsa de papel arrugándose muy cerca de la oreja. Siento una especie de pena presionándome en el pecho.

—Bueno, Elia. —Le lanzo una sonrisa que es un poco como esas de cumplido. No puedo evitar imaginar que está deseando irse y sólo puedo hacer por ayudarle a que se vaya. —Me alegra que me escribieras, la pasé re-bien.

—Yo también —Al fin, silencio incómodo. — Muchas gracias por la comida, estaba todo buenísimo.

—¡Che, también a ti por el tour especializado, estuvo buenísimo!

Después de un momento más de incomodidad (por qué no), se acerca a mí y, sin sacar su mano izquierda del bolsillo, me abraza y me besa en la cara.

—Un placer —me dice—, ¿nos veremos pronto?

Sí, nos vemos —sonrío girando la vista atrás mientras empujo la puerta y desaparezco de la calle.

Escribo a Sonia por WhatsApp "ya he vuelto" y me contesta en seguida que qué tal, que cómo me siento. Me siento cachonda, abandonada, frustrada y confundida. Me dice que eso es el enamoramiento, que es un fenómeno natural y químico, que no tiene nada que ver con el amor, que lo disfrute o que lo sufra. Pero yo, claramente, ya estoy haciendo lo segundo.

Me quito el jersey, la camiseta y las zapatillas, y me tiro sobre la cama bocarriba, con los pies en el suelo. Estoy cansadísima pero no sé si podré dormirme. Suena el teléfono.

–Mira, te llamo porque es una tontería que estemos mandándonos audios. Escucha: ¿por qué no le escribes y le dices qué ha sido un día increíble o algo así? O más, ¡dile más! Que no querías que terminara ahí… No sé, ¿tú querías que subiera verdad? Es que no entiendo qué ha pasado en el mirador, Elia, es que seguro que le has rallado tú con tu timidez y con tus cosas. Ha debido de pensar que estabas incómoda o que pasabas de él y le habrás herido el orgullo, o no habrá sabido leerte.

–¡Anda ya! No sé, Sonia, yo no estoy acostumbrada a esto y menos tan así…

–Tan así ¿cómo?

–Pues, que es raro. Es como muy chapado a la antigua para muchas cosas, ya la cita en sí misma no ¿crees? No sé tiene muchos detalles que le hacen respetuoso y delicado, y otros tantos que le hacen un caradura, como más malote. Y yo no sé con qué cara quedarme…

–¡Quédate con las dos!

–Sí, claro, me gustan las dos. Pero digo que no sé cómo entenderlo. Por un lado me pone, por otro creo que no me perdía mucho si hoy dormía sola. Es como muy caballero, ¿sabes?

–Elia, estás diciendo muchas cosas contradictorias y sin sentido. Que quieres que te diga, yo te conozco y tú lo que estás es cagada.

–Espera, me han escrito, no cuelgues. –Es Juan Ignacio – Es él. Ahora sí que me estoy cagando.

–¡Eso son los nervios! –Sonia se ríe –¿Qué dice?

–Que se ha llevado mi chaqueta. Le he dicho que no importa, que ya me la devolverá.

–¿En serio?

–¡Qué! –estoy como una moto.

–¡Pues que le digas que vaya!

–Ay no, dice que está abajo.

–¿Cómooooo? Me encanta esta peli.

–A una calle de aquí.

–Baja a abrirle. Y, Elia, me cuesta decirte esto, pero vas a tener que colgarme, ahora me cuentas cundo subas. –Me río, me despido y le cuelgo.

Cuando estoy a punto de salir del piso, me doy cuenta de que voy en vaqueros y sujetador. Así que me doy la vuelta y me pongo por encima una bata corta de imitación de seda con pájaros de colores, que tengo colgada en el baño. Y que, además, me encanta. Cojo las llaves, que casi se me olvidaban y bajo los dos pisos de escaleras del viejo edificio sin zapatos, sólo con los calcetines, rápido, intentando no caerme. Voy pensando que voy a tener que salir a la calle descalza, o asomarme a ver por dónde viene y esperarlo. Aunque los calcetines "ya estarán sucios de bajar toda la escalera con ellos, relájate por una vez en tu vida, Elia", me digo. Abro y tiro hacia mí de la pesada puerta de madera que da a la calle con el impulso de salir a buscarlo, pero me lo encuentro de frente. Como cuando nos vimos al salir de Antilla, ninguno dice nada. Sólo nos quedamos mirándonos con un gesto neutro y él se quita mi gabardina sin prisa y sin dejar de mirarme. No somos los mismos que hace media hora y los dos lo sabemos.

La acera bajo sus pies es estrecha y, a nuestro al rededor sólo hay motocicletas y algún coche aparcado, nadie en absoluto más que nosotros dos. La reja de la panadería de enfrente, cerrada a unos metros de su espalda, se hace más pequeña y más turbia a mis ojos cuando Juan Ignacio da un paso hacia adelante y extiende la mano que sujeta la gabardina para devolvérmela. Yo tardo en reaccionar unos segundos: no estoy segura de si es eso lo que realmente quería que hiciera. Alargo la mano para cogerla y, tras el tejido, su mano me agarra la muñeca con firmeza y tira de ella hacia sí, con más súplica que fuerza, hasta tenerme a un centímetro de su cara. Mis ojos quedan a la altura de su nariz atravesándolo y mis pezones se despiertan en un contacto casi ilusorio con su torso. Entonces él se aparta medio centímetro, me mira, cubre con la palma de la mano caliente un pedazo entre mi vientre y mi cintura y, sin que me dé cuenta, tira despacio de uno de los extremos de la cinta que me rodeaba manteniendo la bata cerrada, y ésta se abre como un pesado telón descubriéndome semi desnuda desde la cintura a las clavículas. Siento como la presión del nudo desaparece y como el aire frío se adentra y me acaricia.

Juan Ignacio se coloca mi gabardina en el hombro y este detalle me pone a mil, me hace confundir la ternura con un deseo cegador. Al contrario de si fuera suya, ese gesto me pone porque es mi gabardina y quiere tener cuidado con ella. Y me pone también porque, mientras lo hace, no me quita los ojos de encima. La expresión de nuestras miradas es la de la implicación y la entrega ante a un asunto serio, no es de lujuria todavía, sino de preocupación, son rostros neutros y fijos, sometidos a un acontecimiento externo. Como una lluvia, sobre la que no se opina.

Con mi puño cerrado le agarro del pantalón y el cinturón a la vez, por la parte del botón y de la hebilla, pero no me muevo, hasta que él comienza a caminar hacia delante y yo le sigo, de espaldas para atravesar la puerta. Es entonces cuando me empuja suavemente dentro del portal hasta que, suavemente, siento el frío de la pared en la espalda. Y ese frío desaparece cuando su mano se cuela bajo la tela de la bata y sube con decisión por mi espalda, entonces dejo de sentir su aliento y me sumerjo en un beso profundo.

Tenía que haberme dado cuenta antes de que, si no se nos dio mal bailar, esto iba a ser muchísimo más grande. Nuestros labios se mueven acompasados y sin prisa, juntos, juegan, nuestras bocas se bañan despacio la una en las aguas de la otra. Con sus dientes, se aferra a mi labio inferior y lo deja escapar lentamente al tiempo que me acaricia las caderas y la espalda. Yo subo las manos hasta sus orejas, pierdo los dedos entre su pelo y, entonces, se aparta levemente. Me mira, nuestra respiración ahora no es como la de antes, no es la de cuando volvíamos a casa de madrugada, hace una semana, ni la de cuando recorríamos Diagonal en bicicleta, ni la de cuando subimos toda la cuesta arriba hasta Montjuic. Y yo me acerco buscando de nuevo su boca, hasta dos veces, pero no me deja que la alcance.

Su gesto es serio y a mí me enfada que se aparte y me abalanzo una vez más, decidida a que esta vez no va a volver a escaparse, pero antes de llegar mis labios ya han desaparecido dentro de su boca que, un segundo después, se desliza húmeda por mi cuello, al tiempo que noto que me ha desabrochado el pantalón y bajado la cremallera. Sus dedos se limitan ahora a recorrer el límite de mi ropa interior y una ola de espuma fría se levanta dentro de mí, ocupando todo el espacio que hay entre mi coxis y mi ombligo. Esa ola me eleva con ella en una tensión de la que necesito desprenderme en seguida. Y cuando me lanzo sobre él, me agarra, me lleva a un lado y me tumba con cuidado sobre las escaleras, que se clavan a lo largo de mi espalda sin llegar a hacerme daño. Yo me muevo y re-coloco buscando la postura, mientras él me bloquea los brazos sobre los escalones y recorre todo mi cuerpo con la boca. Las axilas, el estómago, mi respiración comienza a convertirse en breves gemidos, el hueso de las caderas, hasta donde el pantalón le permite llegar. No sé si mis movimientos son una reacción a los escalones en mi espalda o a su boca, que está llegando a mi pecho. ¿Quién eres?

En un paréntesis nos miramos, yo me agarro a su cuello y él me sujeta la cabeza, volvemos a besarnos y, mientras me mira, por fin me habla: "Invítame a tu casa". Me levanto y me sigue hasta arriba. De vez en cuando miro hacia atrás para mirarlo. Me acaricia la palma de la mano con ternura y el cosquilleo me hace tornar los ojos. Paramos en el rellano intermedio, de nuevo los besos, de nuevo retomamos el camino.

No recuerdo cómo entramos en mi casa, ni cómo caemos sobre la cama, ni cómo nos desnudamos. Sólo una imagen veloz de mis pies junto a sus rodillas en el suelo, a los pies de la cama, de sus manos apretándome los muslos, y el fuerte viento que me empujaba de dentro hacia fuera, con él dentro de mí. Recuerdo unos besos suaves en mi espalda y la luz de las primeras horas de la mañana a través de mis párpados. Abro los ojos y siento la habitación vacía, las sabanas y mi piel se confunden suaves. No hay nadie más en casa.

Abro los ojos y busco algo que ponerme entre el desorden de mi habitación. La bata de falsa seda estampada con pájaros de colores, debe de sentirse también diferente esta mañana. Nos asomamos juntas al balcón, donde no hace el mismo sol que ayer. Bajo las nubes, veo la verja de la panadería levantada, faltan algunas motos junto a la acera, las barandas de los balcones me observan, testigos, ojalá pudieran hablar para que volviéramos a revivirlo juntas y así me contaran sus perspectivas y dieran sus opiniones, harían más real esto que yo siento todavía como una sensación de duermevela.

Quiero ser consciente de que es real este pequeño piso tan bonito en Gracia, que pronto tendré un trabajo en condiciones y que la emoción y el amor aún son posibles después de diez años acabados. Siento que es real mi cuerpo. Me lavo la cara y me miro mientras me recojo el pelo. Pongo una cafetera en el fuego y la mañana va a mejor. Pero miro el móvil solo tengo unos cuantos mensajes de Sonia, ninguno de Juan Ignacio. Contesto a mi amiga que estoy bien y que luego la llamo. Me responde con un "ok". Lanzo el teléfono sobre la cama y él continúa el camino en su inercia, deslizándose por la sábana, hasta desaparecer debajo de las almohadas.

Acerco el sillón de mimbre al sol del balcón y acomodo mis omóplatos sobre su gran cojín. Relajada, con los brazos reposados a los lados, mi mente acoge, desordenados, flashes de la noche anterior. Algunos recuerdos vienen con fuerza y se quedan en un bumerán repetitivo que yo no dejo de saborear, otros son como estrellas fugaces y, aunque intento agarrarlos, se escapan. Me siento abandonada en las profundidades de una playa paradisíaca. Bajo su sombra quieta, sobre su arena caliente, ante el brillo hipnótico de sus aguas cristalinas.

Oigo el móvil vibrar, pero me quedo sentada.

LA NUEVA BARCELONA

Lo que más me gusta de Barcelona son sus árboles, que, de lejos, cuando tomas distancia, se mezclan con el resto del paisaje. Son más pequeños en calles como la mía y enormes a lo largo de las avenidas. Árboles escuálidos pero fuertes, como reyes inamovibles que proclamaran un otoño permanente. Siempre marrones, híper ramificados, aparecen como infinitos toldos de entramados de mimbre dibujando el mapa. El cableado de la ciudad, por su parte, corre multiplicándose a saltos de liana, de edificio en edificio como una guirnalda y entran también en esta composición las antenas que sobresalen de los tejados y que, a su vez, se confunden con los tendederos de los terrados. Puedo ver todo esto desde el mío, cuando subo a tender o, simplemente, a observarlo fascinada.

Hace poco más de un mes que me mueve otro ritmo y siento, como nunca, mi cuerpo en conexión con el entorno. Me siento viva y fuerte. Aún hay una rutina, pero ya es flexible, y no asfixiante y rígida como la anterior. Y sí, es la misma que antes, pero sucedió un cambio que se originó en el foco, en la manera de tomar las riendas de mis días. No quiero parecerme a mí misma un libro de autoayuda, pero nada más lejos del aprendizaje y el crecimiento personales, qué feliz me hace haber salido de aquel bucle de frustración. Y claro que me cansa lo de siempre, lo que no es digno de otra cosa que de cansar: el trabajo, la injusticia, el debate político, la inseguridad, la sensación continua de inestabilidad... pero he abierto los ojos y ahora no sólo subo a tender y a destender la ropa, desganada y con prisas, sino también a quedarme a mirar el paisaje.

He tenido que dejar colgada mi fina bata de pájaros por un tiempo. La tengo aun en el baño por si acaso, pero ya hace demasiado frío para llevarla. Y aun con mi suave pijama de algodón tengo frío y en seguida me bajo de nuevo a casa. Como el terrado, he llenado el piso de plantas. Con algunas parezco no entenderme, pero hay otras que están preciosas y hasta sus hojas se mueven según nuestro estado de ánimo, según el sol y según el agua. Estoy aprendiendo a cuidarlas. Me gusta estar a solas con ellas, y que este espacio sea sólo para nosotras, aunque, desde hace cinco domingos me asome al balcón y, a menudo, si vuelvo la vista al cuarto, me guste también verlo a él, tumbado, aún durmiendo bajo las sabanas de mi cama.

La primera noche que estuvimos juntos aquí, se fue por la mañana de repente, sin decir nada. No pude evitar sentirme engañada y aun, a veces, así de confundida me siento todavía. No puedo evitarlo. Aquella mañana, preferí tomármelo con calma, porque no quería que la sensación de felicidad plena que me llenaba el estómago desapareciera. La noche antes siquiera habíamos cenado –aunque el picnic nos hizo bien el almuerzo y todavía para picar, a lo largo de la tarde–, y aquella mañana sólo quería llenarme de un buen desayuno y evitar tener que enfrentarme a la pereza aterradora de una posible decepción. Fui a la cocina a apagar el fuego y me serví un café. Mientras me lo bebía, me preparé unas tostadas con tomate, me rellené la taza de nuevo y me senté a la sombra en la mesa del comedor (comedor-cocina-salón, mi piso es un todo en uno). Pero antes recuperé el móvil de la cama. Y sí, lo sabía, o lo intuía. O en realidad sólo lo deseaba, pero así era. Era un mensaje suyo, dándome los buenos días y nombrándome "Buenos días, Elia" y un icono de una flor.

La mañana destensó conmigo sus músculos en una exhalación

profunda y fresca, que empujó el suave calor del sol reubicándolo de nuevo. "Buenos días, Elia". El placer de escuchar o leer tu nombre de pila, pronunciado o escrito por una persona especial, es un fenómeno que siempre ha llamado mi atención. Supongo que es tan sencillo como que alguien, en la medida que sea que hayas idealizado, se dirige a ti en un momento concreto y ese momento te llena de una especie de orgullo. Y la flor. Después de una noche tan salvaje, una flor.

No recuerdo cuándo fue la última vez que viví el sexo de esta manera. Ni, en realidad, si alguna vez lo tuve. Con Antonio claro que, al principio, teníamos sexo casi cada día y casi en cualquier parte. Sobre todo, porque, bajo la falta de libertad de vivir todavía con nuestros padres, no nos quedaba otra que buscarnos diferentes inventivas para estar juntos. Y seguramente también entraba en juego la necesidad de rebeldía y de escape. Todo eran hormonas y todo se tornaba una aventura que desafiaba las normas y que burlaba las líneas entre lo que estaba permitido y lo que no. Lo recuerdo con mucha ternura y nostalgia, como unos años colmados de risa y de placer, aunque aún éramos más jóvenes y faltos de experiencia. Luego, la costumbre lo volvió todo descolorido y continuo, y parecía que diera lo mismo estar desnudos que vestidos, hablando que, bailando, juntos que separados. Ya éramos familia, prácticamente habíamos crecido juntos y ya nada nos sorprendía, ni sabíamos como sorprendernos o dejarnos sorprender. Hablando de líneas y de límites, supongo ahora que nosotros, entonces, habíamos creado las nuestras propias, sin darnos cuenta y así, romperlas después de tanto tiempo, nos daba miedo, reparo, vergüenza. Nos conocimos juntos, pero nunca separados. Y ahora parece que estoy conmigo como por primera vez.

El resto de experiencias no las recuerdo apenas, sólo en sus momentos menos esperados o más sorprendentes, en sus giros de trama, en forma de flashes. Pero, igualmente, todavía era una niña.

Lo de Juan Ignacio fue otra historia. Está siendo otra historia. Sonia pretende convencerme de que me lance al mundo de la *multicita*, como yo lo llamo. Ella tiene la teoría de que acabo de re-perder mi virginidad y entrado en un mundo nuevo que ahora me toca explorar y vivir a tope. No tengo nada en contra de ello, al contrario, me encanta ver cómo Sonia lo vive, literalmente, sin problemas. Bueno, que los problemas sí los tiene, todas los tenemos, pero, como ella dice –y seguro que es verdad, porque tiene mucho sentido–, la sensación de pesadez que tendrías con uno, se reparte en unos cuantos. Si de uno te indigna su pasotismo, el de más acá es demasiado aburrido y al de más allá le gusta demasiado la fiesta, no te da tiempo de preocuparte, no te obsesiona ninguno más que tú misma en medio de todos tus asuntos. Así me lo explica ella y a mí me fascina. Pero yo le pregunto "¿y qué sucederá el día que, accidentalmente, te enamores de uno de ellos?", y ella me responde "Visto lo visto, eso no debería preocuparme: es muy poco probable". Ninguna de las dos estamos seguras de que eso sea algo más bueno que malo, pero por lo pronto es y la mantiene felizmente a salvo.

Yo, por mi parte, intento pensar que no estoy atrapada de nuevo en una relación, y me preocupo de disfrutar de mi nueva soledad, de este espacio, de estos colores y de este ritmo que me hacen tan feliz. La ciudad y yo juntas procuramos que todo tenga sentido: ella se mantiene quieta y burbujeante y yo camino y ruedo sobre sus sorpresas y entre sus rutinas. Pero es cierto que siempre aparece él, porque mi piel misma tiene recuerdos. Incluso con los ojos cerrados, a veces siento las marcas de la noche anterior, que son de un dolor picante, caliente y muy suave, como un té de miel y jengibre que se confunde perdido entre el músculo y la carne. Giro el cuello y lo siento en la clavícula, en la ingle si muevo las piernas, en el pecho, si me asomo en la ventana y me apoyo sobre mis brazos en el quicio. Luego me miro en el espejo y las veo, marcas rojas y oscuras, y otra vez me viene esa oleada de espuma fría en el estómago, como una imagen muy vívida y, como si él aún estuviera aquí, siento dentro de mí abriéndose un camino que enseguida se llena con su recuerdo. Y cuando el recuerdo se torna en la conciencia, la falta se vuelve otra vez deseo. Entonces me muevo y busco otra actividad para no permitirme perder mi propio ritmo, como él tiene también el suyo.

De un mes y poco más a esta parte, no han sido tantas las veces que hemos estado juntos y en seguida, desde el principio, me acostumbré a nuestro lenguaje. Sin embargo, todavía tengo casi las mismas ganas que el primer día de descubrirlo y de que nos descubramos.

Como cada domingo hoy salgo de nuevo a la calle. No entiendo cómo tanta gente se queda en casa este día, para descansar antes del nuevo comienzo de semana y de trabajo, dicen. A mí esta idea me parece deprimente. Yo prefiero aprovechar el domingo, pues todavía es fin de semana, mi fin de semana, hasta el último momento. Además, así no me da tiempo de pasarlo pensando que al día siguiente será lunes. Al final, eso te roba el domingo, al convertirlo en parte del lunes, y me parece algo absurdo.

Así que me visto cómoda (¡y guapa, eso siempre!) y me lanzo a la calle. Hoy dejo rodar mi bici cuesta abajo hasta llegar a mi antiguo barrio en el centro, porque allí, en el Mercat de Sant Antoni, está la mercera a la que solía comprarle siempre las telas con las que a veces me hago bolsos, camisas y cosas así, sencillas. No soy una experta, pero supongo que el impulso me viene de mi tendencia al diseño y la construcción, así que hace unos años me compré una máquina de coser que utilizo bastante. Casas no, pero ropa y complementos hago yo sola cuando quiero y como quiero. Desde hace un par de meses la cojo más a menudo y estoy muy contenta. Diseño y dirijo los proyectos y, encima, al final de todo, me los quedo para mí. Aprovecho porque de lunes a viernes en el estudio, la cosa cambia.

El otro día vi en internet un patrón nuevo que quiero intentar coser, y hoy voy a buscar unas telas que me gusten. Seguramente tenga suerte, porque la Montse siempre tiene cosas nuevas muy originales. También voy hasta allí porque el Mercat de l'Abacería, que es el que me pilla más cerca, es carísimo y ni me lo planteo. Por otro lado, porque así, de camino me doy una vuelta y cambio de escenario, que para mí es una de las ventajas que tiene vivir en una ciudad grande. Eso es lo que quiero ahora cada día: cosas nuevas. Aunque mientras tanto, la constante de Juan Ignacio continua resolviéndose en mi cabeza.

Antes de llegar al mercado, atravieso la calle en la que, hasta hace pocos meses, vivía con Antonio. Qué extraña sensación pasar por aquí y sentirte expropiada. ¡Qué exagerada soy a veces! (si esto fuera una expropiación, mi indemnización, claramente, habría sido Juan Ignacio), pero es que es algo así: antes era mi barrio y ya no, si ahora me acerco al portal, ya no tengo las llaves con las que poder entrar. Es decir, por mucho que sienta este lugar como mío, ya no lo es. Él es parte de mí, pero no al contrario... ¿Qué será de Antonio? ¿Seguirá aquí dentro? ¿Habrá vuelto a Badalona o se habrá fundido e integrado en los tejidos del sofá y estará toda su familia preocupadísima buscándolo?

En el fondo puede ser que nada haya cambiado, por eso creo que es mejor que sigamos sin vernos y hasta sin contacto. Porque, aunque a veces me burlo y me enfado al recordarlo, lo sigo queriendo, echando de menos y sintiendo una cierta necesidad de saber cómo está y de cuidarle. Lo único que ha cambiado es la distancia. Eso sí, la distancia puede tomar mil formas diferentes y a la vez. Y la nuestra se ha desarrollado ya demasiado, como para volver atrás. Pienso esto y continúo mi camino, simplemente abrazando la nostalgia.

Fuera como fuese, no me hubiera gustado tener que dejar de venir aquí, puede que éste sea mi barrio favorito de Barcelona, lindando con el centro siempre lleno de gente y de luz. Ambas las justas. Está en medio de todas partes y en medio también de otras cosas, como del jaleo y de la tranquilidad. El mercado fue inaugurado el año pasado, después de diez años de reforma durante los cuales estuvo cerrado. Ahora está precioso y rodeado de terrazas y de espacios abiertos para pasear o dejar que los niños jueguen.

Me encanta aparecer aquí, pero más feliz me siento cuando veo a la Montse. No había vuelto desde que todavía era vecina del barrio. Está apoyada por fuera del mostrador, charlando con una clienta y la cara se le ilumina al verme venir por el pasillo.

–¡Elia, bonica! –Le sonrío muy alegre y nos damos dos besos–. Pero ¿cómo estás? ¡Cuánto tiempo! ¿Dónde te metes?

–Uy, la vida, Montse... Pues... –La miro con cara de complicidad, como afirmando que sí, es lo que está pensando– que me fui hace poco del piso y del barrio.

–Ay, mi niña, pero bueno, ¿tú estás bien? Yo te veo muy bien. Y te has cortado el pelo, ¿no? ¡Te queda muy maco!

–Sí sí, se me fue la olla. Me harté de todo y dejé al novio, la casa, el pelo y todo. Menos el trabajo. A eso no me atrevo. –Nos reímos.

–No, no, no, mujer, no está la cosa como para dejar el trabajo. Has hecho muy bien, tú ahora soltera, que eres muy joven. Y a pasarlo bien y a disfrutar de ti y de tu dinero y de tu todo. –Mientras termina su cariñoso sermón de madre, se va metiendo al otro lado del mostrador –Bueno y ¿sigues haciéndote tus cositas? Que eran todas muy monas… ¡Deberías venderlas!

–Bueno tanto como para venderlas…¡Pero sí, sí, claro! ¡Vengo a verte en condiciones! No sé, a ver si me inspiro, enséñame qué cosas nuevas tienes.

Al salir cruzo directa el Raval para encontrarme con Sonia en la plaza del Bonsuccés, que anda por allí con Damián.

–¡Ahí viene la costurera! A ver ¿qué te has comprado? Y ¿qué nos vas a hacer? –me deja caer, medio en broma medio en serio.

–Pues un par de estampados muy chulos que tenía la Montse, yo la verdad que no sé de donde se saca estas cosas. –Abro mi bolsa de tela para enseñarles los estampados. Una de las telas es naranja muy pálida y tiene unas ballenas muy grandes en gris suave, lo suficientemente separadas quizá para que en una camisa corta sólo aparezcan una o dos, como mucho; la otra es azul marino con rayas burdeos, verde botella y marrón muy finas, como estilo años setenta.

–¡Ay, me encantan! –dice Damián sacando la de rayas y colocándosela por el pecho como si ya fuera una camisa que probarse–. Pero bueno ¿y las ballenas? Qué fantasía.

–Elia es que tiene un buen ojo para estas cosas… raro pero bueno –me sonríe y da una calada a un cigarro. Llama al camarero con la mano y se gira hacia mí, aun con la mano levantada– ¿Qué quieres?

–Una caña, porfa. –Me siento.

–Bueno, no te veo desde hace meses y ya me ha contado Sonia que eres otra… ¡Cuéntame, cuéntame!

–Pues otra no sé… sí, puede ser. O igual, ahora que lo pienso, igual era otra antes. ¡Me siento muy yo ahora mismo, la verdad! –digo, feliz.

–Qué bien, si es que a veces lo único que nos hace falta es un buen polvo. Lo que pasa es que aquí en el primer mundo, pues nosotros nos montamos nuestros dramas. –Damián siempre tan bruto pero tan certero.

A las horas Juan Ignacio me llama. Después de cenar con estos, me encuentro con él cerca de casa y esa noche dormimos juntos.

NUEVOS DESCUBRIMIENTOS

—Por una parte, me cuesta aún más levantarme para ir trabajar cuando estás aquí —le digo casi susurrándole, mientras me desperezo y acurruco más mi espalda a su cuerpo—. Pero también es verdad que, después de pasar la noche contigo, me levanto con mucha más energía y de mucho mejor humor.

—Me pasa lo mismo. —me responde hundiendo su cara en mi pelo—. Y todavía creo que ¿por qué conformarse con la noche cuando también tenemos la mañana? —sugiere, intercalando sus palabras con besos por mi espalda y mi cuello. Me acaricia también el estómago y las piernas y coloco mis manos sobre las suyas.

—No, no, no la tenemos, que voy a llegar tarde —le digo riendo, ya medio adormilada de placer y realmente sin oponer mucha resistencia, tan sólo agarrándole el antebrazo de la mano con que me acaricia.

Cuando hago un amago de apartarlo, él me aprieta la cadera y me muerde bajo la nuca intensamente. Un segundo después me ha colocado bocarriba y, sujetándome las muñecas, se desliza hacia abajo hasta desaparecer bajo el edredón. Forcejeo un poco, balanceo rodillas y caderas de lado a lado como intentando que aparte su aliento de entre mis piernas. Pero entonces me suelta las muñecas, me empuja hacia sí rodeando y elevándome la espalda con los brazos y me sujeta con las manos justo arriba de la cintura. El primer contacto de su lengua en mis labios a penas lo siento más que a través de toda la humedad que ya he desprendido y la que viene de su boca, pero lo mejor es el frío que llega enseguida, una vez él se separa, que se mezcla con su aliento y, entonces, su lengua templada vuelve. Cada vez que me regala su boca de esta manera, siento como si volcara muy despacio sobre mí un tarrito de miel caliente que él mismo se encargara de recoger muy lentamente y con mucho cuidado. Es una delicia que no quiero que termine. Pero llega un momento en que he cruzado la línea y ya no puedo soportarlo más, ya me ha llevado a otro lugar y sólo puedo pronunciar su nombre.

–Juan Ignacio –me agarra los pechos y el cuello con fuerza y, al contrario de apartarse de mí, me hace gritar desesperada y nombrarlo de nuevo.

Un día de lluvia, de metro atestado y de prisas no me molesta casi nada después de una jornada, intensa como siempre, con Juan Ignacio en mi cama. Llego media hora tarde a la oficina y, simplemente, me siento en mi escritorio. En el fondo sé que no pasa nada, somos adultos y sólo tenemos que cumplir con nuestro trabajo, pero mi exagerado sentido de la responsabilidad a veces me aturde con preo-cupaciones sin las que podría vivir, no sólo exactamente igual, sino muchísimo mejor y mentalmente más sana. Hoy estoy consiguiendo sentirme menos mal y canalizar mejor este aspecto de mi carácter. Creo que algún día habré aprendido a vivir más tranquila.

Paso las horas de este lunes especialmente concentrada el almuerzo, que pospongo hasta las tres, más tarde que de costumbre, para después ir directamente a la reunión que tenemos a las cuatro y media y no tener así que cortar el trabajo. El equipo del estudio es aun muy pequeño, la mayor parte del tiempo no llegamos ni a diez perso-nas. Empezaron hace más de cinco años como un grupo de amigos sin recibir remuneración alguna, sólo trabajando en sus proyectos, presentándolos a concursos y buscando la viabilidad y las subven-ciones necesarias para llevarlos a cabo y hacerlos realidad. Así estu-vieron hasta que empezaron a recibir el apoyo que buscaban, hace unos tres años. Mientras ellos comenzaban yo aún estaba estudiando la carrera de arquitectura y, aunque hubiera estado guay poder haber formado parte y desde el principio, de una historia como ésta, me siento muy agradecida por haber tenido la oportunidad de incorporarme a ella, aunque tuviera que ser más tarde, cuando el volumen de exigencia empezó a subir de repente y, sobre todo, ya era una empresa con cierta estabilidad.

Lo que también me gusta de aquí es que, al tratarse de un equipo que comenzó de manera horizontal, aún mantienen esa dinámica y esto hace que me sienta mucho más cómoda. Mi jefe, Quim, más que estar por encima de los demás, es quien coordina la parte principal, de cara a la galería, de los proyectos. Sólo lo llamo jefe para entenderme con la gente y porque, de alguna manera, es el ojo que tengo puesto encima. En la reunión está también Albert, uno de los más implicados, un *workalcoholic* de mucho cuidado, que a mí me impone bastante. Me impone o me incomoda, no sabría decir, porque su actitud es de una seguridad y autonomía desbordantes, por no decir que en ocasiones prepotente. Y la mía, en contraposición, es más dependiente e insegura, ya que la mayor parte del tiempo con ellos lo he pasado de prácticas. Es decir, dando, dando y dando, por si acaso en algún momento se me valoraba como era debido. Evitando dar pie a cualquier desacuerdo que pudiera haber conmigo, del tipo que fuera. Aunque es cierto que hace poco conseguí que me contrataran –aun con un sueldo bajo, que ya irá subiendo– y eso fue gracias a nadie más que a mí, que le eché valor, lo que me hizo darme cuenta de que el respeto que le tienen a una, tiene que venderlo una misma y nadie más.

Todavía me siento más inexperta e insignificante que el resto, pero cada vez soy más consciente de lo imprescindible que soy. Eso también es verdad. Y recordar esto es la clave de mi empoderamiento en este lugar y paradigma aplicable a otras situaciones en adelante.

Estoy cansada y la verdad es que una reunión a las 4 de la tarde de un lunes, después de una noche tan maravillosa como la que yo he tenido, se hace bastante pesada. Me espabilo de repente cuando Quim se refiere a mí acerca del proyecto nuevo, con más incisión y respeto que de costumbre.

–Así que Elia, te quedas con Albert en esto, si te parece, ¿ok? –dice levantando la mirada de la carpeta para mirarme con su gesto pachón, mientras pulsa y des-pulsa el botón del final del boli sobre la mesa.

–¡Sí, claro! –digo muy dispuesta, confiando en que no se me haya notado para nada desde fuera la dormidera que llevaba por dentro y miro a Albert sonriendo– tú mandas.

–¡Mandamos los dos! Nada, por hoy ya está, vamos como hasta ahora y vemos, a partir de mañana, sobre la marcha. Sólo queríamos formalizar un poco más la confianza que en realidad estamos depositando en ti. –Intento evitar ser patética, o al menos parecerlo, y no poner la misma cara que pondría si me acabara de tocar una bici en una tómbola.

–Muchas gracias –digo con un gesto de amable aprobación. Muy digna y muy elegante, después de que casi no me entero de nada.

–Eso es –le ayuda Quim–, ya eres completamente una más y, encima, has estado dando muchísimo de ti. Nos hemos parado a pensar que hay que empezar a demostrarlo no sólo cargándote de trabajo hasta las cejas y delegándote cosas, sino, por ejemplo, como ahora, nombrándote directamente la responsable de un proyecto. Así que éste es cosa vuestra y ahí os o dejo. Seguro que todo va genial.

–Jo, muchas gracias, es un gesto importante para mí. Y sí, por supuesto que todo va a ir genial. Digo sonriendo mucho para ocultar mis nervios.

–¡Bueno!¡Pues enhorabuena, Elia! –me felicita un Albert nuevo y distendido mientras recogemos y Quim ya esta saliendo de la sala– ¿Nos hacemos unas birras luego para celebrar?

–¿Luego? –Me quedo muerta, pero si yo pensaba que le caía mal–. Tengo que pasar a dejar la bici en el taller…

–Bueno, no, como quieras –me dice mirando el taco de folios que golpea de canto, para igualaros, sobre la mesa –Ya si eso otro día…

–Bueno, venga. Hasta las nueve no cierra y lo tengo justo abajo de casa –pobre Albert, tengo que aprovechar para estar lo mejor posible con mis compañeros de trabajo. Soy tan cuadriculada a veces…

–¿Sí?

–Sí, sí, en serio. Voy a dejar unas cosas en mi mesa, cojo el bolso y vamos, si quieres.

Cuando salimos ya es de noche. Que anochezca pronto es algo que siempre me gustó del invierno. Verdad que cuando te vas a cercando a los treinta, es algo que deja de tener mucho sentido, por razones obvias que tienen mucho que ver con el paso del tiempo y su velocidad. Pero, también, según esta misma regla que yo sola me he montado, me alegra darme cuenta de que todavía me gusta un poco. Es de noche y queda toda la tarde por delante. Comparto todo esto con Albert en uno de mis ataques de verborrea ante la posibilidad de un silencio incómodo, y él me responde que, lo malo de eso, es que hay que tirar de electricidad durante más horas.

–Vaya, vas a pensar que soy idiota, no me había dado cuenta –digo, de verdad, sorprendida. Me gusta la respuesta que me ha dado y cómo me la ha dado, desde un tono que implica no sólo que me ha escuchado, sino que, además, no ha considerado mi estupidez tan estúpida. Y, de la misma manera, ha sabido dar su opinión sin que sonara aleccionadora.

–Qué va, joder –se apura riéndose–, para nada. Uno no puede pensarlo todo a la vez. Nadie puede hacer eso. ¿Entramos aquí mismo? –Le contesto accediendo, directamente con un paso hacia dentro, mientras él sujeta la puerta.

Entramos y buscamos un hueco para colgar las chaquetas y las bolsas bajo la barra, y otro entre la gente para nosotros. El bar es de estos locales antiguos, con suelos de losa antigua y barra de metal antigua y con reposapiés, de las que quedan poquísimas. Me encantan. Las mesas de madera de la sala son nuevas, minimalistas pero rústicas. Levanto la mano llamando la atención hacia el otro lado del tapero.

–¿Una caña? –Albert asiente– ¡dos cañas, porfa!

–¡Qué rápida! Sabes cómo resolverte ¿eh? Nos vas a salvar este proyecto.

–¡Dos cañitas por aquí! –canta el camarero y cogemos a la vez los vasos en cuanto nos los pone por delante. Brindamos y damos un trago.

–Qué rica la cerveza un lunes después de trabajar.

–Totalmente. –De verdad que lo pienso– un gran momento éste, el de alargar el fin de semana para no darle un susto al cuerpo. –Albert se ríe.

–¡Hay que cuidarse! –celebra.

Qué raro estar tan cómoda con una persona con la que tan incómoda había estado a lo largo de casi un año. Lo tenía tan encasillado en esa idea que ni me había dado cuenta de lo atractivo que es. Tiene unos ojos pequeños y fijos, muy muy tiernos, la piel color canela clara y el pelo rubio, pero bastante oscuro, casi como el mío. Un tono que, en su barba a ras de la cara, se trasluce, dependiendo de la iluminación, en un castaño casi pelirrojo. Tiene una pequeña argolla en la oreja izquierda y, aunque normalmente va vestido más sencillo, hoy lleva una camisa estampada con dibujos geométricos étnicos, en tonos morados y marrones. Me gusta. Cuando estira el brazo para alcanzar un par de servilletas de un lado de la barra, la manga de la camisa acude en forma de arruga al hueco de su bíceps –menos trabajado y más natural que el de Juan Ignacio, pero igual de encantador–, y se lleva a mi mirada detrás. Juan Ignacio, por cierto, tiene la culpa de que ahora me esté poniendo así con un compañero de curro que, hasta hace unas horas, había sido tan sólo un inocente incordio en mi rutina. Estoy segura, debe de ser cierto eso que dicen de que, cuanto más sexo tienes, más sexo quieres. "No, no, no", me digo a mí misma, "todo no gira en torno a eso. Compórtate. No inventes".

–Bueno y ¿fuera del trabajo qué tal todo? Aunque tú no me has contado, somos pocos y las cosas se saben… –me pregunta con naturalidad mientras se lleva un puñadito de quicos a la boca–. ¿Qué tal llevas tu ruptura? –Yo sonrío tímidamente–. Te pregunto porque se te ve bastante mejor… Espero no haberte hecho sentir mal.

–No, no, tranquilo –aprovecho para poner mi mano sobre su brazo. No me reconozco. –Es verdad que estoy mucho mejor, gracias. Ha sido rápido después de tantos años, pero supongo que estaba ya todo muy quemado, y lo difícil era eso, sólo había que atreverse a tirar de la tirita. Debajo ya a penas había nada que curar.

–¡Wow, no conocía yo esa faceta tuya de poeta! Muy buena metáfora, sí, señora.

–Ya –reacciono riéndome con ganas – pues me ha salido natural, te lo prometo. Bueno sorpresa, en realidad es la primera vez que tomamos algo. De hecho, es la primera vez que hablamos más de cinco frases seguidas, y lo más importante, no relacionadas con el trabajo.

–Es verdad, ¿por qué habrá sido eso? –me pregunta mirándome mientras da un sorbo a su cerveza? –Yo le respondo con una mirada con la que pretendo decirle algo así como "a mí también me divierte, pero deberíamos dejar de tontear". ¡Bueno, pues brindemos por tu soltería!

–¡Eh! –me quejo medio de broma–. No estoy soltera... bueno sí, sí, lo estoy, así es la vida. –Levanto el vaso para brindar, definitivamente.

–¿No te gusta estar soltera? ¿Para qué querrías no estarlo?

Es cierto. ¿Cómo no me había hecho esta pregunta todavía? Ni siquiera ninguna pregunta que me llevara al mismo lugar que ésta. Claro: ¿qué es lo que quiero? Por un lado, me molesta que Juan Ignacio vaya tan a su rollo ¿acaso yo espero o deseo más de él? Es algo que debería preguntarme. Desde luego, aquí estoy pasándolo genial con Albert, quién lo diría, que hasta me he puesto acelerada al tocare el brazo. En fin Elia, hola. Hola a una nueva fase de tu desconocida soltería. Hola a una nueva reflexión.

EL PICANTE DE LOS TACOS

Me siento muy bien. Me siento muy bien gracias a Albert. De verdad, mira tú por donde, este hombre al que yo no sólo no hacía ni caso si no con el que, además, me sentía incómoda. Una simple pregunta, un simple cuestionamiento por parte de alguien totalmente externo, de alguien que no te conoce, un simple brindis ha bastado para que vinieran todas las ideas que me están viniendo de golpe ahora. Me están entrando como por la pajita en un sorbo de zumo de frutas bien frío. Debería estar agobiada pero la verdad es que me siento feliz, qué buena energía. Me doy cuenta, ahora mismo de que me había estado atribuyendo el estado de soltera con auto compasión, y una parte de mí que desconocía está ahora flipando con el yo que hasta ahora ha estado haciendo tal cosa. Una parte de mí, que para mí es nueva, se siente tremendamente aliviada y vacila mientras dice "tía, joder, menos mal que te has dado cuenta".

Ya ha dejado de llover. Todo está oscuro, pero aún suena el tráfico deslizándose por las calzadas haciendo el mismo ruido que un grifo, que se abre y se cierra, en diferentes puntos de la casa. Subo a recoger la bici y bajo corriendo al taller justo antes de que cierre.

–No habías venido antes, ¿verdad? No, me acordaría… –suelta el chico del taller, sin que me lo espere, nada más saludarnos, mientras me ayuda a meter la bici.

—No, es la primera vez que vengo. Me mudé hace poco.

—Vale… —dice pensativo buscando con la mirada en mi bicicleta— Y el motivo ¿es?

—Ah pues, lo dejé con mi pareja.

—No, me refiero al motivo de la reparación —Él se está meando de la risa, como es normal.

—¡Ah! No me lo puedo creer… —río confundida—. Pues me estalló la rueda delantera el otro día, de repente. Creo que la cámara reventó. ¿Por qué? no lo sé, igual se estaba muriendo de vergüenza porque acababa de meter la pata absolutamente y se puso tan roja que explotó. Exactamente como me está pasando a mí ahora mismo.

—¡Tranquila…!¡Qué divertida! —dice entre risas. Entonces se me baja el rojo de la vergüenza por ridículo y se me sube el del rubor por modestia—. Si me das tus datos, te guardo y así ya te tengo aquí—me pide sin retirarme la mirada, una vez se ha colocado frente al ordenador.

Mientras le doy mis datos, me fijo en sus movimientos sobre el teclado. No es muy blanco de piel, pero las manos están más oscuras y es por la suciedad de las bicicletas, pero así han adquirido una apariencia más salvaje. La grasa de las cadenas de las bicis se le ha quedado en los huecos de sus uñas, anchas y fuertes, en las arrugas de sus nudillos que ya no son tan jóvenes, y le llega hasta el hueso de la muñeca, bien marcado bajo una pulsera de metal. Ahí empieza todo un brazo cubierto de tatuajes que me parecen como del color del musgo cuando es de noche y que llegan hasta su hombro, donde se recoge la manga corta de la camiseta con la otra mano. Es delgado, pero ancho y músculos y articulaciones marcadas. Me gustan su despreocupación ante el juicio, su alegría infantil y su trato resuelto.

—Vivo justo aquí arriba —le informo, gratuitamente, una vez le he dado mi dirección.

—Es bueno saberlo —Sonríe, mirando la pantalla.

Al llegar a casa cuelgo mi maravillosa gabardina empapada sobre una silla en el cuarto de baño. Es ancha y tiene capucha, así que no me mojo nada con ella y me evita tener que cargar con el paraguas. Por eso es maravillosa, además de porque le queda tan bien a mujeres como a hombres. Una prenda del futuro, siempre lo digo.

Estoy de buen humor, aunque lo estaría más si Juan Ignacio me rayara menos. Le escribí esta mañana un mensaje cariñoso y sexi, diciéndole algo así como que cuanto más me daba más quería. Y me respondió diciéndome que iba a tener que dosificar y tener más cuidado. ¿Perdona? Y me puso un "jeje" ¿Cómo que "jeje"? El "jeje" es para los falsos y para los cobardes, Juan Ignacio. Digamos que por suerte casi no he tenido tiempo en todo el día de pensar en esto, pero ahora que ya he terminado todo y he llegado a casa, se me ha venido a la cabeza su frase y no soy capaz de quitármela de encima. No le contesté a ese mensaje, no supe qué decirle, porque me enfadé y preferí asentarlo. Pero es que resulta que sigo enfadada. Llamo a Sonia.

–¿Qué pasa? Anoche mambo, ¿no? –A los veintitantos es verdad que se nos empieza a poner el tono de la prima de tu madre cuando ve que te están saliendo las tetas.

–Anoche y esta mañana, tita –Sonia se sabe esa teoría y por eso, cada vez que nos ponemos preguntonas y adquirimos ese tono, nos llamamos titas. –Una maravilla que ni en tus mejores sueños.

–Buah, qué lujo, me alegro de que estés disfrutando de tu sexualidad a tope. Pues has cogido este momento justo a tiempo, ¿sabes? Resulta que ayer leí que la plenitud sexual en las mujeres se da entorno a los treinta años.

–Ah ¿sí? ¿Y en los hombres no?

–No, a lo mejor es eso lo que no estamos haciendo bien del todo. En los hombres sucede lo mismo alrededor de los veinti-pocos.

–Pues habrá que ir volviendo a frecuentar los futbolines –Nos reímos–. ¿Sabes? hoy me he empezado a rallar un poco con todo este tema de la soltería. Mira que, ahora que lo pienso, tú siempre me comentas todo como dando por hecho que estoy soltera y a tope. Pero es que en realidad no es así. O al menos yo no me había dado cuenta hasta hoy.

–Pero ¿qué me estás contando? ¿cómo no te vas a dar cuenta de que estás soltera con la que has dado con Antonio?

–Sí, sí, pero creo que como Juan Ignacio llegó en seguida, he vivido la historia con él como la del clavo que saca otro clavo, sin pasar ningún proceso ni pensar en nada. Y hoy estaba haciéndome unas birras con Albert, muy fuerte…

–¿Albert el de tu curro? –me corta.

–Sí, sí.

–Buah, claro, ¡a ese lo que le pasa es que le gustas!

–Pues no sé, tía, igual a la que me gusta es a mí –río–, yo a él lo he visto muy tranquilo.

–¿Cómo? A ver, a ver, me estás hablando de muchas cosas distintas a la vez.

–Sí, ya lo sé, es que me ha venido de golpe todo esto. Me han hecho responsable del proyecto éste que acabábamos de empezar Albert y yo. Vaya, los dos somos los responsables, lo llevaremos los dos oficialmente.

–¡Enhorabuena! ¡Eso es!

–¡Sí! Gracias… estoy muy contenta. El caso es que Albert me ha dicho de ir a tomar algo para celebrar, yo me he quedado un poco de piedra, pero he ido. Y al final resulta que hemos estado a gusto no, lo siguiente. No sé si el tema sería que es un poco tímido y hasta ahora le había costado romper el hielo conmigo… Yo creo que no era más que eso y, como ya vamos currar juntos sí o sí en esto, pues el tío, que muy bien por su parte, por cierto, ha pensado en que deberíamos llevarnos mejor.

–Puede ser, claro. Pues qué majo, ¿no?

–Majísimo. Y monísimo. Pero bueno no voy a darle más vueltas, es sólo que me he fijado en él, pero sin más, sólo cómo debería fijarme en los tíos a menudo, supongo…

–Totalmente, siempre te lo digo, que tienes el radar estropeado.

–Pues ya no, parece ser que ya me funciona. Porque luego he ido al taller a dejar la bici y el chico me ha puesto que no veas. Que también creo que esto es porque estoy muy despierta sexualmente a raíz de las sesiones con Juan Ignacio.

–Claro, claro, eso es así. Estás todo el rato dale que te pego, y es normal... Pero tú disfrútalo. ¿Cuál es tu rayada?

–Pues que me he dado cuenta de que he estado en una relación al uso durante los años suficientes como para no tener ni idea de lo que quiero. Y ahora, claro, me siento molesta todo el rato con Juan Ignacio porque va a su bola y a veces siento que sólo me quiere para lo que me quiere, tú me entiendes.

–Claro que te entiendo, esa sensación la tenemos todas las tías casi siempre. Por educación, por como hemos sido siempre en sociedad, cada género se comporta de una manera. Y ellos pues la verdad es que son bastante cabrones. Pero para eso han llegado el yoga y el feminismo, para que aprendamos a tomarnos el cambio con calma... A ver, lo primero es intentar no darle importancia a su actitud, porque es probable que, simplemente, se trate de su manera de hacer las cosas y no de que esté huyendo de ti. Y tú, por tu parte, dedícate a pensar qué sientes y olvídate de lo que pueda o no sentir él ahora mismo. Hay que ir por partes.

–Pues, a ver, es que no lo sé, a mí él me encanta. Pero es verdad que mucho mucho no lo conozco... así que no te puedo asegurar que quiera una relación con él para el futuro. Y menos después de lo de hoy, que me han gustado todos los hombres con los que he hablado – Lo mejor de las historias de amor, de sexo y de desengaño, es lo que luego te ríes con tus amigas al desahogarte.

–Pues entonces déjate llevar y explórate más. Tú misma te has dado cuenta de que es eso lo que necesitas ahora, ¿no?

–Bueno, no sé si es eso lo que necesito. A lo mejor las cosas simplemente pasan y ya. Pero sí, sí. Tienes razón. Aunque por otro lado sigue molestándome constantemente la actitud pasota de Juan Ignacio, no lo puedo evitar.

–Pues, Elia, eso también es lógico y podrías comentárselo a él. Sé que es un rollo, pero es lo que más sentido tendría, que se lo dijeras.

–Ya. Ya veremos... ¿Y tú qué?

–Pues no te creas que en otras muy distintas. Cosas a las que darle vueltas siempre hay. Yo con mi radar siempre a punto, eso siempre. Y, aparte, pues desde la semana pasada no veo a Alex. A ver... creo que él está como más ilusionado y yo no me siento tan ahí.

–Ohh...

–Sí, un rollo. Porque la verdad es que me gusta mucho, pero empiezo a notar que igual se pone seria la cosa y no sé si es lo que yo quiero. Al menos por el momento. Sobre todo porque yo también tengo mis otras historias por ahí, ya sabes...

–¡Sí, eres una Juana Ignacia! –Sé que su risa es también a causa del nombre en sí mismo, si ya no le gusta para chico, en versión chica le habrá resultado mucho más irrisorio–. Se hace más largo todavía en femenino –continúo riéndome.

–Bueno, bueno, no adelantes que no sabes si él tiene o no más cosas por ahí. Además eso no importa ahora mismo.

–Okey, te voy a dejar que voy a pedir comida. Creo que después de las cervezas con Albert, las risas contigo, la lluvia... todo parece indicar que es noche de pizza.

–¡Menudo invento tienes encima! ¡Ah, por cierto! Que no se me olvide: el viernes Damián va hacer una cena en su casa para inaugurarla.

–Ahh ¿al final se fueron a vivir juntos él y David?

–Sí, a una casa muy cuqui. A mí me lo dijo con Alex delante así, que se viene. Tráete a Juan Ignacio.

–Uf, no sé si será demasiado para él una introducción como esa...

–Bueno pues si no, te traes a Albert o al bicicletero –se ríe–. No le des tanta importancia, Elia, sé tú misma. Déjate llevar.

Al día siguiente a punto de salir del trabajo, Juan Ignacio me llama.

–¡Ey! ¿Dónde andas?

–Pues, ¿dónde voy a andar? En el trabajo.

–¡Vale, vale! –me dice esquivando mi enfado, entre risas–. ¿Cómo estás?

–Pues bien, saliendo del estudio ahora mismo, ¿y tú?

–Yo muy bien, más ahora que te veo –Me fijo y lo veo en la calle, a través del cristal de la puerta, mirándome, su mano como siempre en el bolsillo del pantalón y la otra en la oreja, sujetando el teléfono. Me mira medio de lado, lanzándome una sonrisa de complicidad y picardía que me pone el termómetro, de repente, a casi cuarenta grados.

Le sonrío mientras cuelgo y avanzo hasta la puerta intentando frenar mis pies, que me quieren empujar más rápido, y buscando un ritmo normal, que no delate demasiado las ganas de morder que tengo.

—Guapa —me dice muy bajito y muy cerca después de un besazo de película.

—¿Qué haces aquí?

—Pues tenía ganas de verte y he venido a por ti, así de fácil.

—Así de fácil —Siempre hace lo que él quiere y siempre le sale bien.

—Así de fácil —Ni se inmuta. Aunque mejor, porque en realidad son cosas que primero tengo que resolver yo conmigo misma, como bien me dijo Sonia.

—¿Y si tengo planes? —¿No puedo parar de ser estúpida? Está claro que me vendrá bien hablar con él en algún momento.

—Pues… en ese caso al menos ya te habría visto. Y me llevaría un beso —Se gira delante de mí y me agarra de la mano que tengo libre—. O dos… o unos cuantos —vuelve a besarme mientras me dice esto. Cómo puede besar tan bien. O los dos, ¡cómo puede ser que nuestros besos encajen tanto! Se me pasa todo en seguida, es imposible que me enfade si estoy tan feliz. —¿Tienes planes?

—Tengo que pasar por el taller de bicis de abajo de casa, a ver si está ya lista.

—¿Qué le pasó? Te acompaño… si te parece bien —me propone al tiempo que comenzamos a andar de nuevo.

—Claro. Pues el lunes por la mañana cuando salí de casa, de repente sonó un ruido fortísimo, casi como un disparo ¡PAM! Y era la rueda de la bici, que me había estallado la cámara.

—¡Ishh! ¡Qué mala ondaa!

—Bueno, después de dejarla en casa empezó a llover, así que mejor. No hubiera podido ir en bici con esa lluvia.

El chico del taller, que está agachado junto a una bicicleta a la que le está toqueteando algo, me ve, y me saluda con un gesto de la cabeza, sonriendo a través del cristal. Juan Ignacio se espera en la puerta.

–¡Hola! ¿Qué tal? –le digo al entrar.

–¡Buenas! –me responde con esa tranquilidad tan alegre, mientras se levanta y va hacia el mostrador al fondo, pasándose con fuerza un trapo por las manos. Coge mi bici y viene hacia mí con ella–. ¡Lista!

–¡Genial!

–Le he apretado también los frenos, que estaban regular. Las ruedas, he aprovechado y las he llenado, ahora las tienes bien de aire y te he engrasado un poco los rodamientos de los pedales.

–Jo, muchas gracias, ¡cuánto detalle! No tenías por qué... ¿Cuánto te debo?

–Pues doce euros.

–¿Nada más?

–La cámara nueva son nueve, y la mano de obra por colocarla, nada más.

–Vaya, me sabe mal.

–Pues que no te sepa mal, para eso estamos. –Y agarra el manillar con la mano justo al lado de la mía–. Pero si te sabe muy mal un día me invitas a una caña arriba, ya que estás aquí al lado. –Me río y le pago. No se me ocurre que decirle y no sé si estamos solos o desde la puerta Juan Ignacio se ha podido enterar de algo y eso me pone más nerviosa–. ¡Muchas gracias, nos vemos!

–¡Hasta otra, vecina!

Subo la bici a casa, aprovecho y suelto las cosas del curro y Juan Ignacio me espera abajo. Al salir sigue tranquilo y alegre, aunque no muy hablador. O tal vez no le pase nada y sólo sea yo, que me he puesto nerviosa con el tonteo del chico del taller delante de él, y creo que se ha enterado y ya me estoy inventando cosas.

–¡Che, hoy es martes! ¿Te apetecen tacos? Hay un sitio un poco más abajo donde hacen *taco-tuesday* y los ponen a un euro. Y también la cerveza.

–Ah, perfecto, sí. Sobre todo, por lo barato, que eso aquí no pasa todos los días.

–Y vienen las navidades, ¡el gran robo del año!

–¿No te gustan las navidades?

–Bueno, en Buenos Aires la pasaba bien con la familia, los amigos.

Pero igual me parece un abuso, y nosotros unos estúpidos. Y más allá en Argentina, que hay tanta brecha económica, ¿viste?

–Sí, estoy totalmente de acuerdo contigo. Y luego están las reuniones familiares, porque las de amigos, muy bien, pero ¿las familiares? ¡Joder, qué suplicio!

–Sí, ¿viste como tenemos más cosas en común de las que te pensás?

–Bueno… algunas sí, no te voy a mentir. Pero no te emociones… –le digo haciendo el teatrito para picarlo, con el dedo levantado, a modo de advertencia.

–Too late, baby. Ya estoy emocionado –Me abraza por la espalda, me levanta del suelo y doy un pequeño grito que él apaga con un bocado en el cuello. Un bocado como el que se le da a un helado mientras se derrite.

Las mesas del mexicano se reparten a lo largo de un pasillo que acompaña, en todo su recorrido, a la barra y va más allá. Es una sala bastante oscura para tratarse de un restaurante, la iluminación se parece más a la de un pub. Nos sentamos en una que coincide con la esquina al fondo del todo, de cara al resto de la sala, uno al lado del otro.

–Desde el primer día me fijé en que a ti también te gusta sentarte así. –La mesa es cuadrada y ambos nos sentamos en el lado contiguo del otro, ocupando, digamos, una ele.

–Así, ¿cómo?

–Al lado en lugar de frente a la persona con la que vas.

–¡Ah, sí! Me siento más cómodo, lo otro me parece una entrevista. –Yo me río y le hago reír también a él– ¿Y, no te parece?

–¡Totalmente! Se puede hablar mucho mejor así, se hace más íntimo y más distendido.

–Tarde o temprano te darás cuenta de todo lo que tenemos en común. –Vuelve a soltarme con un guiño.

Las cervezas, encima de valer un euro, ni siquiera son pequeñas, sino que son tercios. Y los tacos, son pequeños, como suelen ser en cualquier sitio, pero igualmente están genial de precio y buenísimos.

–Tenemos que venir aquí todos los martes, ¡qué descubrimiento!

–Es lo más. Y si no, si lo decís por ahorrar, igual tenés más pretendientes por el barrio que nos hagan ofertas, como el bicicletero –Me suelta esto y se acaba un taco de un bocado, tranquilamente.

–¿Cómo? –Me quedo mirándole muy seria esperando a que hable.

–¿Qué? –se queja riéndose.

–¿Cómo que qué? ¿te la has estado guardando hasta ahora? –No me sale enfadarme del todo por la manera en que me lo está diciendo, que no puedo evitar que me haga gracia. Por otro lado, me satisface mucho este momento de posibles celos al otro lado de la ecuación.

–Bueno, guardado… no sé. Pero me encajaba perfecto ahora… Che, no te enfadaste, ¿no? –Por fin para de reírse. No sé por qué me alegra. Parece que tenía ganas de esto, de enfadarme con él. Y, a su vez, darme cuenta de que estoy buscando enfrentamiento, me da rabia de nuevo. Qué bucle más estúpido.

–Es que no me puedo creer que estés celoso porque me llevo bien con un vecino del barrio y que encima me lo sueltes así, tan grosero.

–¡Noo, pero qué decís!

–Ah, ¿no estás celoso?

–¡No fui grosero, digo! Bueno no quise serlo, al menos ¿viste?

–Estás celoso entonces, por esta tontería. No me lo puedo creer. –Lo miro con cara de sorprendida y él se hace como el que no le importa, pero se está sintiendo un poco acorralado. Parece que se arrepiente de haber empezado esto.

–Bueno, es lo normal ¿no? Tampoco me va a hacer gracia ver una cosa así.

–No lo sé. Yo también tendría que ponerme celosa entonces si pienso en las historias que puedas tener con otras personas, pero esto no va de tener celos.

–Exacto –me dice con la cabeza gacha. Tiene el antebrazo apoyado en el filo de la mesa y con la mano rasca la pegatina del botellín de cerveza–. Esto no debería ir de celos, tú lo has dicho. Perdona si te ha molestado. –Lo que me molesta es cómo acaba de esquivar mi último comentario.

Me quedo callada y también mirando hacia la mesa, pensativa. La situación está algo tensa aunque la discusión no haya sido muy encendida. Pero nunca habíamos hablado tan serios. Justo aparece el camarero para traernos una ronda de tacos que nos faltaba.

–Gracias, ¿nos traes un par de cervezas más, por favor? –Digo al camarero con voz tranquila para suavizar un poco el ambiente que hay en nuestra mesa. Pero vuelvo a dirigirme a Juan Ignacio– ¿Tienes otras historias? –No puedo evitarlo, me he quedado con una sensación horrible.

–Elia, ¿quieres hablar de eso? –Se gira y reconozco que me habla con preocupación y con respeto, no con falsedad para engatusarme y correr un tupido velo, sino enfrentando la situación y mirándome a la cara–. Nos lo pasamos genial, nos estamos conociendo, no sé, ahora mismo tenemos situaciones muy diferentes. No me cierro a nada, pero por el momento creo que lo más sensato es respetar nuestra libertad. Creo que es lo más sano. No tenía que haberte dicho nada, perdóname. Es tu vida. –Asiento con un movimiento de cabeza y me quedo pensando.

Por un lado, aun estoy flipando con lo bien que acaba de hablar, sin miedos, de frente y tan claro. Sus palabras, además, me han tranquilizado, porque me son de ayuda a todas mis nuevas reflexiones acerca de lo que quiero y lo que no. Sonia tenía razón: es mejor hablarlo. Está callado, esperando. Supongo que entiende que me he quedado pensativa. Cuanto más lo conozco más ganas tengo de estar con él y, al calentón que me da, hoy se suman el efecto del picante y la cerveza. Sin embargo, aún me siento un poco molesta o insegura, no lo tengo claro, porque al final no me ha respondido. Pero tampoco ha querido indagar sobre mi vida… Así que supongo que debería intentar, una vez más, fluir como él fluye.

–¿Estás enfadada? –me pregunta. Y yo, inconscientemente, aprovecho para decir que sí con la actitud, aunque haya dicho que no con la cabeza. Se inclina hacia delante y, cuando está muy cerca de mí, me dice– Te has manchado de tomate.

–¿Dónde? –Lo miro. Apoya el antebrazo sobre la pared y mis hombros y siento su mano caliente en mi omóplato, se acerca a mí con una leve sonrisa y me lame la comisura de la boca con la punta de la lengua. Me mira, se relame y vuelve a cercarse para succionar muy suave sobre el mismo lugar, durante unos segundos, encargándose de que quede limpio. Yo me quedo paralizada.

Vuelve a su asiento y bebe un sorbo de cerveza. Cuando que me provoque de esta manera y luego se aparta, adquiero un rol rabioso que a mí misma me excita. Y él lo sabe. Esta jugando. Coge un taco con las dos manos y lo muerde y, sin terminar de masticarlo, se mete el resto en la boca y me mira de reojo, con cara de hacerse el loco, como si no supiera lo que está haciendo. Entonces me acerco a la mesa y apoyo los codos sobre ella, estiro los brazos para cogerle la mano que tiene llena de tomate y me llevo sus dedos índice y corazón a la boca hasta casi rozarme la garganta. Los saco succionándolos lentamente, los miro y lamo uno a uno con interés, hasta que no queda nada de salsa. Él me sonríe. Menos mal que a los dos nos gusta el picante.

Seguimos bebiendo, a veces con los dedos nos llevamos a la boca algún trozo de carne o verdura que queda en el plato y nos miramos de reojo. No hablamos. Nunca había sentido esto. Es como si estuviéramos desnudos, solos y revolcándonos en la cama, pero con la sórdida diferencia de que estamos vestidos, sin tocarnos y sentados en un lugar público. Estoy viviendo dos cosas a la vez. Soy dos Elias al mismo tiempo y estoy con dos Juan Ignacio diferentes, también al mismo tiempo. Los conozco a los dos y esto me pone muchísimo. Nuestras manos se acercan reptando por la superficie de la mesa y nos acariciamos los dedos, cariñosamente, por el dorso. Lo miro y le digo con la mente que no podemos hacer nada aquí en medio. Sin decirme ni una palabra, él me contesta que no hay nadie y que el sitio está muy oscuro. Ambos miramos al otro lado y estamos seguros de coincidir en que sólo quedan algunos clientes al otro lado del pasillo, más hacia la puerta y que están demasiado lejos. Entonces se desliza por el banco en el que estamos sentados hasta llegar a la esquina que hay entre los dos, y yo termino de pegarme a él. Nos besamos despacio, pero la densidad del deseo entre nosotros podría cortarse ahora mismo con un cuchillo, ni aunque hubiera alguien cerca se daría cuenta de lo fuerte que me está agarrando del pelo. Me tira de él con dulzura hacia abajo y los vellos de los hombros se me erizan. Lleva una mano a mi rodilla, donde termina el vestido y la va subiendo despacio por el muslo, hasta que el calor de su palma me cubre donde mis piernas ya han terminado, y comienza a acariciarme con fuerza.

Aunque hubiera alguien cerca no podría ver dónde tiene la mano, porque tenemos un enorme mantel delante de nosotros y la mesa es lo suficientemente alta como para que no se intuya movimiento alguno. Deja de besarme y, mirándome a los ojos y luego a la boca, intenta la imposible tarea de bajarme las medias. No sé cómo sucede, pero nos ponemos de acuerdo y en seguida mi mano acude para ayudarle a romperlas. Ambos tiramos con fuerza mientras nos reímos y la risa comienza a parar a medida que sus dedos se introducen dentro de mí. El placer que siento es infinito y al tiempo me sorprendo de mi capacidad para mantenerme firme y no olvidarme de dónde estamos.

Él está girado hacia mí, muy cerca, y me besa el cuello muy dulcemente, a veces me muerde y me acaricia con los dientes al tiempo que intensifica el movimiento de sus dedos. Sabe dónde está tocando, lo sabe perfectamente. Yo, con los brazos estirados sobre la mesa y ambas manos agarrando el cuerpo cilíndrico de la botella de cerveza que gotea aún por el frío, sigo vigilando que todo se mantenga tranquilo en la sala y que el camarero siga sin salir de la cocina. Pero de repente aparece y doy un pequeño brinco, Juan Ignacio se queda quieto, supongo que para que no se note que nos estamos escondiendo y yo inclino mi cabeza sobre la suya como para simular un momento tierno y privado. El camarero parece preferir no molestar viniendo a preguntar si necesitamos algo, que es lo que le tocaría hacer ahora, y se da la vuelta hacia las otras mesas.

Sigo vigilando qué sucede fuera de nuestra viciad burbuja, pero le cojo la mano de nuevo rogándole que siga. Y esta fase deja de ser tan silenciosa, el riesgo de ser pillados ahora es mayor y así también mi excitación se dispara. Comienzo a regalarle al oído mi respiración, cada vez más cortada y más intensa, y a susurrarle que siga, por favor, que siga. Entonces noto mi cuerpo temblar y comienzo a alejarme de todo aquello, mientras mis ojos, vidriosos, continúan observando cada movimiento de los clientes del fondo, en la oscuridad. Tengo la sensación de que uno de ellos me mira. Ni me importa ni sé si se da cuenta de lo que está pasando, pero el sólo hecho de creerlo así, me lleva, por fin, al éxtasis.

Juan Antonio y yo mantenemos la postura, quietos, unos segundos más, para no olvidarnos tan pronto de este momento. Recuperando la respiración muy muy lentamente, cuidando que nuestros intensos movimientos al respirar no nos delaten.

UNA CUESTIÓN DE FUTURO

—**B**ueno, a ver, contame entonces, ¿de qué conoces a Damián?

—Ah, sí, lo que te estaba contando. —La boca de metro de Urquinaona es bastante caótica. Tiene unas tres o cuatro salidas distintas y en ella se unen más de una línea de metro. Una noche de viernes puede estar casi tan concurrida como un lunes a hora punta, pero gracias a dios, no tanto. Vamos subiendo el último tramo de escaleras que nos llevará a salir a Vía Laietana–. Damián es informático y, durante un tiempo, estuvo trabajando para la empresa de Sonia, preparando y reparando equipos. Sonia se encaprichó de él y, ella es así… le estuvo tirando los trastos hasta que se enteró de que él era gay.

—¡Noo!¡Pero, boluda! ¿cómo no se dio cuenta? —se sorprende, riéndose, Juan Ignacio.

—Bueno, por un lado, ella es muy poco juiciosa, es un espíritu bastante más libre de lo que pueda aparentar. Por otro, Damián tampoco es que cumpla el típico estereotipo de homosexual. La verdad es que cada vez hay más libertades y eso se nota también en que los estereotipos van relajándose. Eso creo, que cada vez tenemos más libertad para ser como somos sin necesidad de tener que encajar en ninguna etiqueta.

–Sí, es verdad, menos mal. Tenés razón. Pero bueno, qué vergüenza ¿no? ¿Él se enteró? ¿Y cómo continuaron tan de amigos?

–Según me contó Sonia, se rieron mucho cuando ella se lo explicó. Porque ella fue, incluso, a compartir su sorpresa y su apuro con él directamente. Es muy transparente, una tía genial. Se llevaban muy bien desde el primer momento, no era una cuestión de amor y desengaño. Sonia decía que Damián estaba bueno y ya está, sin más. Suele ir a por todas y, unas veces se gana y otras se pierde.

–Qué buena historia. Y esto fue ¿antes o después de conoceros vosotras?

–Después. Sonia y yo nos conocimos en la Universidad. Y esto fue ya en su empresa, hace unos años.

–Ah claro, sí sí, no había pensado bien antes de preguntar. –Me mira disculpándose y arrugando los labios como para aguantar una risa.

–¡Es que no me escuchas! –digo de broma, empujándole hacia un lado.

La calle está llena de tráfico y de gente a estas horas. Justo están cerrando las tiendas, los que salen más tarde de sus trabajos aún están de vuelta a casa, otros ya van por la tercera copa del final de la semana laboral. El centro de Barcelona es una fiesta siempre, pero aún lo es más un viernes por la tarde, cuando la noche se acerca.

El nuevo apartamento de Damián y David es precioso, es bastante minimalista pero muy acogedor. Los muebles son de madera y metal, tienen varias alfombras por el salón y luces tenues que nos reciben en un ambiente de intimidad y confianza. La cocina es americana, lo que nos permite que estemos juntos durante toda la cena, incluidas la preparación y la sobremesa. Siempre me han gustado estos espacios, más apropiados para las maneras de vida actuales (las cocinas independientes aíslan a la persona que está trabajando). Todos se presentan y comentan sobre el piso, sobre los lazos de conexión que nos unen, sobre el barrio y la localización de la casa, mientras yo paseo por las estancias con total confianza, fascinada por la decoración, abstraída en mis pensamientos y envidiosa de los placeres de una vida por fin establecida.

David ha preparado un ramen casero, es la primera vez que lo hace y dice no estar muy seguro de haber metido la pata o no. Damián ha preparado algunos encurtidos, para picar con el vermut. Mezcla de guindillas, aceitunas, quesos y edamame con frutos secos y vermut. Las cosas de hoy en día. Todo mezclado.

–No hay manera de que pruebe la comida catalana –dice Juan Ignacio, con sentido del humor.

–Sí, la verdad es que es difícil en Barcelona. Esta ciudad tiene un poco de lo autóctono, pero sobre todo es como un trozo de mundo, como una mezcla de todo el globo en un sólo lugar. –asegura Damián.

–Pero oye, un día, si te parece bien, te llevamos por ahí a hacer una ruta por algún pueblo. Aquí en Barcelona también se puede encontrar algún sitio donde comer buena comida catalana, pero en algún pueblo de fuera y más pequeño, es mejor y más barato. Y así de camino hacemos una pequeña excursión.

–Che, por mi no hay problema, todo lo contrario. Un argentino echa de menos comer carne y tengo ganas de probar las brasas catalanas, aunque la butifarra y el costillar no sean la misma cosa ¿viste? –ríe– Tengo ganas de conocer. Che –dice dirigiéndose a David–, ¿y vos de dónde sos? Te noto un acento distinto…

–¡Sí, bien visto! Soy de Sevilla.

–¡Cierto! Hay mucho andaluz por aquí, ¿verdad?

–Sí, un montón. ¡Casi más que argentinos, fíjate! –bromea con complicidad. Parece que se están llevando genial.

–¡Y… argentinos, levantás una piedra y salen cientos!

–Pero, sí, hace unas dos, tres generaciones hubo una oleada de andaluces que llegaron a Cataluña, aunque desde la segunda revolución industrial ya es prácticamente tradición. Los barrios de extrarradio de Barcelona, que antes eran pueblos diferentes y ya están totalmente integrados en la ciudad, están habitados por andaluces. Prácticamente, lo que se escucha hablar allí es andaluz. Pero ya son catalanes, catalano-andaluces.

–Buah, y ahora parece que la historia vuelve a repetirse, con la crisis.

–Sí, sí, totalmente.

–Y, Sonia, vos sos también del Sur, ¿no?

–No, bueno, yo soy de Alicante. No es sur como tal, y mucho menos Andalucía. Tengo otro tipo de gracia... Y una muy buena cultura industrial zapatera –contesta, cínica, mientras muerde haciendo crujir un pepinillo encurtido.

–Y bueno, está Alex que también a inmigrado, como yo –le sonríe invitándole a la conversación.

–¡Ay! ¡se me había olvidado que vosotros estudiabais juntos, claro! ¡Joder, qué tonta! –Intervengo yo, de repente, con los ojos tan abiertos como la boca y dando un pequeño golpecito en la mesa.

–Sí –dice Alex un poco tímido–. En casi todas las cases estamos los dos. Pero no hemos hablado mucho. Ahora tal vez seremos más amigos –me dice mirándome con una sonrisa. Qué vergüenza, aunque parece que Juan Ignacio está bastante tranquilo.

–Y hablando de industria zapatera, ¿vos a qué te dedicas? –se dirige de nuevo a David–. Elia ya me contó que vos sos informático –aclara dirigiéndose a Damián y lanzándonos una mirada a las demás, con cara de pillo. Nos reímos porque, claro que sabemos de lo que habla. Incluido Damián.

–Yo soy diseñador 3D. Autónomo, trabajo por mi cuenta. Y ahora hemos montado ese rincón como pequeño estudio y genial, con toda la luz que entra de esos ventanales... Y la verdad es que me va bastante bien, estoy teniendo suerte. Por ahora, claro. El handicap de trabajar como freelance es que nunca sabes cuándo, de repente, se te va a acabar todo, o si tus ingresos pueden variar de un día para otro.

–Sí, sí, te entiendo. En parte me pasa igual.

–¿También eres autónomo?

–Bueno no, pero casi. Tengo una empresa con mi hermano en Argentina, nada grande pero por ahora nos está funcionando. Hace unos tres años montamos una tienda on-line. Distribuimos zapatillas de deporte.

–¡Ah guay! Damián es super fan de las zapatillas –le chiva David– Así que tienes aquí un potencial comprador empedernido, fácil de captar.

–La verdad es que sí que estoy un poco enfermo –Sonríe Damián un poco ruborizado–. Luego te enseño mi zapatero, no es normal, ¡tengo un par para cada día del mes! –exclama, a penas exagerando, realmente.

–Ojalá pronto podamos distribuir hasta España. Eso estaría buenísimo.

Ya llevamos unos cuantos vermuts y aún nos queda el ramen, con lo que llena eso (pero qué bueno está). No paramos de picar y de beber, y de hablar. Lo estamos pasando muy bien, a todos se nos ve cómodos y yo me siento super contenta. No esperaba algo así. Ahora miro de otra manera a Juan Ignacio: puedo ver la persona tan sociable, lo educado y lo divertido que es. Tiene muy buen saber estar, en definitiva. Significa mucho para mí que haya accedido a venir, no sólo sin pegas, sino, de hecho, con ganas. Creo que a Sonia, que sólo lo conoció una vez y sólo por un rato, le está gustando más todavía, ya me lo confirmará. El caso es que, ¿qué pensará él de todo esto? ¿se sentirá igual de ilusionado que yo? Noto que al estar en un contexto familiar entre amigos, nuestra relación se hace, de alguna manera, más fuerte. No quiero sufrir, pero esto simplemente parece estar sucediendo, aunque no tengamos una relación establecida como tal. Me digo a mí misma con seguridad que sólo tengo que disfrutar de este momento, que mi vida es independiente de cualquier persona y que lo estoy haciendo bien. Y a ver cuánto me dura la teoría.

El ramen está espectacular, estamos llenísimos a pesar de que David ha sido sensato y nos ha llenado los boles sólo hasta la mitad. Pero queremos seguir bebiendo y comenzamos a abrir, una por una, las botellas de vino que hemos traído los cuatro invitados. Damián y yo nos ponemos a recoger la mesa mientras todos charlan y, en un momento dado, Sonia se une y parecemos las hermanas de una familia huérfana que acaba de dejar a los maridos en la mesa. Nos reímos un rato con los platos, los cubiertos y las galletas en las manos, nos reímos más de lo habitual pues estamos bastante hasta arriba de vino y de felicidad.

La zona de la mesa de comedor donde estamos pasando la reunión, se encuentra en una esquina curva que da al exterior del edificio, toda una curva cerrada de ventanales corridos. Un rincón precioso a través del cual, de repente, escuchamos fuegos artificiales. Los seis nos levantamos hacia las ventanas y las abrimos. Un pequeño caos de colores aparece de entre los edificios que vemos al fondo, disparándose en todas direcciones.

Juan Ignacio se coloca contra mi espalda y me besa la cara a través del pelo, cerca de la oreja. Quizás lo haga sin querer y con todo el amor y la inocencia del mundo, pero a mí me parece que supiera siempre donde está el botón que me hace bombear la sangre. Le acaricio la cara y me giro para besarle cuando de repente unos golpecitos de cristal nos sobresaltan.

Damián tiene una copa y un cuchillo de mesa en la mano con el que la golpea, anunciando un mensaje. David le mira y le indica que siga adelante con movimientos rápidos de barbilla. Los demás estamos flotando sobre una emoción magnificada por la bebida, la comida, los fuegos y la luz oscura, y los miramos expectantes.

–Bueno, pues, a ver, íbamos a empezar a decirlo como en unos días, pero aprovechamos que estáis aquí y que nos han puesto esos fuegos artificiales de fondo para acompañar el momento… –Todos nos reímos por lo de los fuegos, porque de verdad esto se ha tornado, de repente, cómicamente mágico, y Damián continúa, alargándole la mano a David que se acerca a dársela – ¡David y yo nos casamos! ¡Uhhhh! –Levanta la copa y todos nos unimos en un brindis que por un momento aumenta y casi se convierte en una avalancha desenfrenada de aficionados de fútbol.

–¡Qué hortera eres! –le dice David diciendo que no con la cabeza.

–¡Ay y te encanta! ¡Tenía que aprovechar los fuegos, joder, que me han salido carísimos! –bromea.

–Bueno –interviene Alex mientras nos sentamos en los sofás–, y si después de unos meses hay algo más… Digo ¿que si tendréis un bebé? –todos nos sorprendemos y nos reímos con el atrevimiento de Alex–. Le podrías llamar Denis, Delia… o cualquier cosa que empiece por la letra de. Y entonces sería tu obra maestra en 3D –dice riendo y mirando a David.

Un chiste malísimo pero que probablemente haya sido lo más gracioso que ha pasado esta noche, más que nada porque lo ha dicho la persona que menos a hablado en toda la noche. Y un extranjero haciendo un chiste, con sus errores gramaticales y su acento, ha sido ya la bomba.

–A mí sí me gustaría… pero ya veremos –confiesa Damián acompañando el último comentario de un aspaviento con la mano.

–Sí, por qué no –continúa David– Ay, a mí Delia me ha encantado, me gusta más que Dalia.

–Buah… a mí ahora mismo, en este momento de mi vida, es que ni se me pasa por la cabeza el tema hijos. Yo estoy bien sólo con mi trabajo, que ya tengo bastante. –Sé que Sonia lo ha dicho con naturalidad y sin ninguna intención, pero le viene genial para no alimentar falsas ilusiones en Alex. Eso sí, me niego a girarme y verle la cara a ese chico ahora mismo.

–Elia sí tiene más instinto maternal que yo. Bueno no sé si hoy día tenemos que seguir llamándole así, instinto… Pero vamos, que ella sí es más de eso, yo creo –Mi amiga me mira tranquilamente y yo la miro con una cara muy seria que le muestra el fuego en mis ojos. No me puedo creer que me acabe de poner en esta tesitura y, menos mal, que Juan Ignacio está sentado a mi lado y no puede verme la expresión…

–Pf… bueno. A mí sí me ha calado siempre más la idea de vida tradicional, porque es a lo que me han o me he acostumbrado a ver y a imaginar. Pero ya no sé si era una niña con muñecas la última vez que pensé en eso. Vaya, que la verdad es que, tal y como están las cosas, no es algo que pueda ni siquiera plantearme. No tengo estabilidad en ningún aspecto. –Siento un poco de tensión. Sé que Juan Ignacio no tendría, en realidad, por qué tener nada que ver con mi respuesta, pero no puedo evitar sentir la carga de su presencia en medio de un tema como éste. Soy una rayada monumental, ¡pobres hijos, si los tuviera!– En fin, que Delia va a aparecer mucho antes, por lo que a mí respecta. –Zanjo así la conversación para devolver la pelota al principio del círculo, o acabar con el tema.

–¿Queréis postre? He traído helado –continúo, levantándome unos segundos más tarde.

Cuando estoy en la cocina sirviéndolos, Juan Ignacio aparece apoyándose de espaldas a la encimera, junto a mí.

–Hace un momento, con lo de los bebés, te he imaginado embarazada y mmmmm –Me acaricia el culo, la cintura y la barriga– Te quedaría genial una barriga, que lo sepas.

–Ya tengo bastante barriga y a mí no me gusta tanto como me queda, la verdad –le digo con las manos ocupadas mientras sirvo los helados.

–Qué idiota eres –contesta riéndose–. ¿De qué es el helado?

–De pistacho y de mango –cojo con una cucharilla un poco de pistacho y se lo llevo a la boca. Pero él la gira para llevarla a la mía y, apartándome la mano con la que sostengo la cuchara y sin soltármela, se acerca a mi boca y escarba con la lengua y los labios.

–Mmm, está re-conseguido el pistacho –le miro con una sonrisa de súplica y me sonríe–. Venga te ayudo y ahora me voy al baño que no me aguanto más.

De vuelta a casa, eta vez dormimos en su piso, que él quiere aprovechar que su compañero ha salido de viaje el fin de semana. Es un quinto piso con vistas a la Playa de les Glòríes. Desde el balcón puede verse toda la iluminación despejada de una zona moderna, con la torre Agbar a un lado elevándose en su forma de obelisco futurista, de frente, los picos y las grúas de la Sagrada Familia asoman entre los edificios más cercanos. Se escuchan coches a lo lejos, no hay nadie en esta casa, sólo escucho el sonido de la llave corriendo la cerradura a un lado y el roce de mi sangre bombeando por la zona donde mis miembros se articulan. Y los nervios me arden. Ambos estamos medio adormilados del vino y, al mismo tiempo, disparados de euforia por la felicidad de este momento.

Cuando cierra la puerta me coge de la mano y recorre el pasillo hasta el fondo llevándome con él, que le sigo un paso por detrás. Ya estoy expectante y excitada. Nos paramos en medio del salón, se muerde el labio inferior mientras me acaricia los bazos con los dedos, arriba y abajo. Yo lo agarro fuerte contra mí, lo beso como si no fuera a haber mañana y él se arrastra conmigo llevándonos hasta el cristal del balcón sin despegarnos de ese beso. Cuando me tiene acorralada en el cristal me mira a los ojos y me lame la boca con su lengua, repite este gesto varias veces, para volver a mirarme justo cuando yo intento alcanzarlo con la mía, una y otra vez. Me desabrocha la camisa, me aparta el sujetador, me lame de nuevo y yo agarro su cabeza contra mi pecho.

–Me encanta como te quedan estos pantalones –me dice mirándome mientras me los desabrocha–, pero llevo toda la noche bien jodido echando de menos una falda por donde poder meterme con más facilidad. Una de estas noches voy a colarme en tu armario y voy a quemar todos tus pantalones.

De un solo movimiento me los baja, se agacha, me desabrocha las botas y me las quita una a una despacio, con el aliento pegado a mis muslos. Yo pego las manos una y otra vez al cristal sin encontrar donde agarrarme y, cuando me ha quitado el pantalón y lo ha apartado de nosotros con enfado, como quien se deshace de un objeto que le está haciendo la vida imposible, me muerde por encima de las bragas. Lo hace despacio y parece que lo que mordiera fuera una ciruela madura, con el ansia de no derramar ni una gota de su oscuro líquido.

Pero se levanta y me gira, me levanta los dos brazos que sujeta juntos con una sola mano apoyada contra el cristal y, con la otra, noto cómo me aparta las bragas a un lado. Un momento después está dentro de mí. Y y estoy gritándole a Barcelona que no deje de mirarme.

Una vez se aparta yo, que me hubiera quedado ahí para siempre, estoy exhausta, y me lleva en brazos hasta dejarme sobre la mesa de centro del salón como un cuerpo semi inconsciente al que le cuelgan los miembros a pesar de que intenta moverse. Coloca un cojín sobre mis caderas y se sienta tranquilamente a acabar con todo el jugo que antes hubo abandonado a medias.

CAER EN EL PASADO

Barcelona está mucho más concurrida ahora que nos paseamos de aquí para allá con estas prisas locas y con estos abrigos tan gruesos. El volumen total de materia resulta, al final, en más gente que calle. Como casi todo, en parte es emocionante, en parte es agotador. Tenía ganas de irme a Badalona y, una vez allí, ya tenía ganas de volver. La navidad me marea y me hace sentir estúpida. Es la máxima expresión del sistema riéndose de nosotros: nos lleva a sentirlo todo, desde la mayor alegría, hasta la mayor tristeza, nos hace comérnoslo todo, con y sin hambre, a comprar y regalar. A llenar las pequeñas casas de tus seres queridos de cosas que no quieren. Y luego nos deja tirados, con ochocientos kilos de más, sin ganas de levantarte ni siquiera para ir al baño y con la cartera rota de vacía.

Acabas agotada, porque pesas más, porque te has peleado con todos y cada uno los miembros de la familia, a veces con todos a la vez. Entiendes, a la vuelta, porque no echabas tanto de menos a tus amigos. Tenía ganas de verlos, pero, a las pocas horas, ya estaba aburrida de hablar de lo mismo, una y otra vez en bucle. Mi solución ha sido arrimarme más a quién tiraba de la bebida y del baile. Aunque suene a sinsentido, he bebido y he bailado en busca de una mente y un cuerpo sanos en la medida de la posible. Menos pensar en las barbaridades que acabas de oír y más quemar calorías en medio de los bares de tu pueblo.

Y PARA COLMO ESO QUE, en realidad estaba claro que ocurriría, ¡cómo no lo había imaginado antes!, ¡cómo no me lo había esperado!… Toda una marabunta familiar preguntándome de manera desorganizada y con mi abuela a la cabeza, por Antonio. Sabes algo de Antonio, cómo está Antonio, ay que ver, qué buen muchacho era Antonio, cómo estamos notando la falta de Antonio este año en esta casa, qué es lo que te ha hecho ese chico, estás muy delgada, tú no estás bien (sin Antonio, se entiende), a buena edad has decidido tú quedarte sola (imagino a Sonia indignándose con esta clase de comentarios), ¿estás segura de que no vas a volver con Antonio?, tú piénsatelo, eso es que estás confundida, una relación es una cosa muy complicada… bla, bla, bla, bla.

ANTONIO HA SIDO el Papá Noel de este año, se ha hablado más de Antonio que de Cristina Pedroche. Me encantaría que me hubieran preguntado más por mí y por mis cosas o, simplemente, haber comido en silencio, visto Solo en casa después de comer, abierto y entregado regalos, todo felizmente y en silencio. Pero no. Vuelvo agotada, como si una ola me hubiese arrojado sobre las piedras que oculta la espuma, justo cuando ya iba a salir del agua.

Hubiera sido genial poder haber llevado a Juan Ignacio conmigo. En parte sí, en parte no, como todo lo demás. Por un lado, para hacer callar un poco a los cuervos hambrientos de mi desgracia. Por otro, para haberme mantenido yo más fuerte. De todas formas, ni siquiera he podido mantenerme fuerte de tenerlo ahí, porque no lo he tenido. Nuestra relación sigue siendo un espejismo para mis ojos que, cada vez que se acercan un poco, dejan de ver sin esperarlo. Parece que siempre me sorprendo cuando desaparece y descubro que mi vida continúa y sigue funcionando, en realidad, sin él. Cuando me doy cuenta de que es una idea o un deseo que se ha colado en mi cabeza y en mi cuerpo, lo único que lo requiere. Me ha enviado algún mensaje desde Italia, a donde se ha ido a pasar los días de Navidad con unos amigos que le han invitado a sus casas. Sólo algún mensaje, de vez en cuando. Y sin embargo, yo me llevo hora sí, hora también con él en la cabeza.

Así vuelvo de las fiestas, con la maleta y la barriga llenas. Y bastante hastiada por dentro. Y así, más o menos me levanto a enfrentar el primer día de oficina después de los días libres, aunque con algo de esperanza por respirar el aire de la rutina, algo que me reubique y que me calme. Sin embargo, lo que me encuentro al sentarme en mi mesa es la cara de Albert llegando de frente, para apoyar las manos sobre el filo de mi escritorio e inclinarse hacia mí con una cara bastante peor que la mía.

—Elia, la hemos liado un poco —Qué amable por su parte emplear el plural en este caso.

Está bastante enfadado, pero al tiempo no quiere que me hunda. "No es para tanto", dice, y yo sé que en realidad no lo es. Pero, aunque intente suavizar su molestia, no lo consigue. Y yo estoy de peor humor que él, con lo que estamos apañados.

—¡Qué horror Albert, mátame! —Soy una exagerada—. Te juro que estaba convencida de haberlo enviado—. Después de revisar el e-mail una y otra vez, descubro que la dirección estaba mal escrita.

. . .

Entre todo el trabajo pesado, tenía encargada esta tontería y nimiedad de tarea: dependía de mí hacer llegar un mail de confirmación para una reunión importante con la inversión central, principal e imprescindible del proyecto ese del que me hacía tan feliz ser responsable.

Yo no estoy hecha para trabajar, yo quería dibujar casas, ser artista. No puedo digerir ahora este mal trago con el mono de mazapán y de sexo que tengo.

–¿Me das un cigarro? –Albert, en seguida me tiende uno– ¿Vienes conmigo?

Le pido disculpas una y otra vez y por fin veo que empieza a calmarse.

–Tranqui, Elia, ya está. No tenía ni idea de que te lo ibas a tomar así. Es sólo un error que puede tener cualquiera. Y lo sé… era importante que esto hubiese procedido así, pero lo solucionaremos, lo pasaremos a otra fecha y lo ajustaremos todo como podamos. Le podía haber pasado a cualquiera. –Me abraza y se me salta una lágrima que, al verme él, retira con un pañuelo de papel que saca rápidamente de un paquete que llevaba en el bolsillo.

–Qué hombre más precavido –le sonrío.

El día se resuelve, bajo mi punto de vista, de mal en mal rato. Albert me dirá que no ha sido tan así. Y me lo dirá una y otra vez, porque soy muy pesada. Encima de que ha sido todo culpa mía. Poco antes de recoger para irnos, recibo un mensaje de Sonia, diciéndome que está con Damián, según dice, "bebiendo cerveza como si no hubiera un mañana". Antes de que Albert me mande a la mierda, le invito a venir con nosotros.

Ya está Sonia mirándome descaradamente en cuanto aparezco con él. Me da igual, me rio, no quiero que me afecte. Estoy decidida a fluir definitivamente. Soy una mujer con problemas en el trabajo, no los quiero también en la vida.

Es curioso cómo un mal día puede convertirse, de repente, en un momento, en un montón de risas eufóricas y en una de las mejores salidas del año. Me encanta poner en una misma mesa a gente por primera vez. Gente que antes no se conocía de nada, que forma parte de mi vida y que ahora se mezclen entre ellas. Había hablado bastante a Sonia de los compañeros del curro, pero aún no conocía a nadie. Y nunca me hubiera imaginado que sería Albert al primero que conocería y que , encima, se fueran a llevar tan genial. Lo estamos pasando en grande.

—Bueno, total, que ya estás más tranquila. —Concluye Sonia cuando acabo de terminar de contar el desastre que he generado en el trabajo y todo el equipaje de fatigas que traigo en la mochila de las vacaciones de Navidad.

—Bueno —salta Damián—, de lo que no has dicho nada es del tema amores —Y yo me temo lo peor. Me quedo blanca—. ¿Dónde está tu Juan Ignacio? Que, por cierto, ¿podemos buscarle un nombre más corto? ¡Al menos sólo para usarlo entre nosotros!—se ríen Sonia y él. Albert nos mira, porque no sabe de quién hablamos.

· · ·

—Pues no es "mi" Juan Ignacio, eso lo primero —Estamos ya un poco borrachos–. Y también lo segundo, ya está… porque no hay nada. Pasa olímpicamente de mí, así que yo también. No tenemos nada. Estoy soltera.

—Venga ya, eso no te lo crees ni tú —me dice Sonia.

—Que sí tía, que estoy bien así. Y él a la vista está que también.

—Bueno a ver, soltera puede estar. Pero bueno, Elia, chica, que lo de siempre, ¿no? Cuando vuelva del viaje seguiréis igual y ya veremos qué va pasando. Y que lo de la soltería y la no soltería son cosas muy difusas en estos tiempos. Piénsalo, para lo que servía en realidad era para el papeleo burocrático y, si ahora tú tienes que rellena ar alguno de estos, por mucho que estés en un piso viviendo con tu novio después de años, mientras no te cases no puedes señalar otra casilla que la de soltera.

—Tía, no te ralles, tú siempre has sido de novios. Vaya, has estado con Antonio casi diez años, en un intervalo crucial de tu vida, desde que saliste del instituto hasta ahora. Es normal que lo veas así. —Me aclara Sonia con cariño. Ella me conoce.

—¡Pues claro que sí, que es normal! —la apoya, Damián. Que ahora dicen que se lleva ser soltera pero eso no es así. Mira yo, casi casada ya y para adelante —se ríe.

—A ver, hay gente para todo. Algunas personas prefieren una vida enfocada a ellos mismos, a sus amigos, a la fiesta. Otras se preocupan más de formar una familia, un hogar. Hay gente que se siente más feliz en pareja y eso no tiene nada de malo –Nos quedamos todos embobados con las palabras de Albert, sobre todo Sonia, que me mira detrás de la cerveza mientras le da un sorbo. Se pasa el día provocándome con la idea de que entre nosotros dos va a acabar pasando algo.

–Ay, me canso, no lo sé. Ahora mismo como que no quiero saber mucho de él, ¿sabes?

–Pero es que nadie está diciendo que tenga que ser él –suelta Sonia, que ha visto la oportunidad perfecta.

–Bueno, un brindis –tengo que parar a Sonia y cambiar de tema. Levanto la cerveza invitando también a Albert, que me mira sonriente, como siempre–. Por las meteduras de pata en el curro y por vosotros.

–Eso es, sobre todo por nosotros –termina Albert.

Nos hemos enganchado en dos bares distintos no sé cuantas horas. Es muy tarde y mañana madrugo, pero un día es un día. Nos despedimos en la puerta, pues tanto Sonia como Damián se van en direcciones distintas. Albert y yo continuamos juntos porque mi casa le pilla de camino. Vamos andando, yo con mi bici a un lado.

–Aquí vivo yo.

–Ah ¡estás muy cerca!

. . .

—Sí, si en realidad cojo la bici porque tardo menos, pero podría ir andando sin problemas.

—Bueno, ahora a beber mucha agua y a descansar, mañana será otro día. No te preocupes que lo solucionamos. —Nos damos un abrazo amistoso que, por supuesto, invita a sospecha en mi cabeza, este año tan confuso.

—Bueno —no sé qué hacer ni qué me pasa. Es rara esta confianza que tenemos de repente—. Muchas gracias por todo, Albert.

—Tranquila, ya verás que todo sale bien y que no era para tanto. Buenas noches, Elia, descansa —Da unos pasos hacia atrás y se gira para continuar hasta su casa.

Yo abro el portal y subo no sin dificultad a la mía. Tengo que subir un tramo de escalera hasta la puerta del ascensor, y los litros de cerveza me pesan en el estómago. Cada pie en un escalón es como un saco de ladrillos que tengo que levantar con las rodillas y los muslos. Sí, ahora toca beber mucha mucha agua, por lo menos un litro antes de dormirme, porque sino mañana me voy a levantar llorando, directamente. Las resacas hacia los treinta se van haciendo cada vez más insoportables. Eso es una verdad como una casa.

Voy directa al baño, hago pis y me recojo el pelo, me lavo los dientes y la cara. Al pasar por la cocina cojo una botella de agua y me la llevo a la habitación. Me pongo el pijama y me meto en la cama con la botella de agua en una mano y el móvil en la otra, ya lo tengo todo.

Bebo agua mientras miro Instagram. Estoy enganchada, menuda idiota. La verdad es que hace tiempo que quiero dejar de llevarme el móvil a la cama, alejarlo de la cama. Ponerlo en el escritorio al otro lado de la habitación o, directamente, en la otra habitación. Podría comprarme un despertador. Debería aprender a dormirme sin tanta sobre estimulación. Pero nunca lo hago, y aquí estoy. Y esta vez sí que voy a arrepentirme de mirar el móvil antes de dormir.

CASI NUNCA HAGO caso a la franja que aparece entre las publicaciones recomendándote gente a la que quizás conozcas, pero hoy lo hago. Y la segunda o la tercera de las que abro me resulta familiar, sin serlo en absoluto, sin haberla visto nunca antes. La cuenta se llama @birra_me. Lo que veo en las fotos son todo espacios y lugares que me suenan, pero, en el estado en que me encuentro, ni me paro a pensar eso, sólo me llama mucho la atención y sigo mirando. Todas fotos de cervezas, de maquinaria artesana para fabricar, etiquetados, un patio-terraza enorme con bidones y toldos, un perro, gente… y entonces vuelvo atrás. Ese es Antonio. Sigo mirando fotos, pero ahora ignoro aquellas en las que sólo salen cervezas o barriles y acudo a abrir solamente aquellas en las que aparecen personas. Abro y cierro, abro y cierro, abro y cierro hasta que ¡pam!, ahí está. Aparece solo en una foto en la que puedo verlo bien. Es una de las primeras fotos, del principio de la creación de la cuenta, presentando su nueva marca de cerveza. Su nueva marca, suya. O sea, que Antonio ha montado una empresa. Por pequeña que sea, Antonio se ha movido y está haciendo algo. Y se le ve feliz.

AHORA VOY A LO QUE VOY, a buscar si hay alguien nuevo. A inventarme cosas. A hacerme daño. Y así estoy, abrazada a la botella de agua con una mano y sujetando el móvil con la otra, echada en las almohadas con una penosa cara de idiota, cuando la veo. No sé, pero intuyo que debe de estar con ella. Sale en varias fotos, y es una persona a la que jamás había visto antes. Castaña, muy guapa, aparece en una foto brindando con Antonio, ambos súper sonrientes celebrando el lanzamiento de la nueva cerveza. Está etiquetada e intento entrar en su cuenta con cuidado, pero da igual, la tiene cerrada y me deja a medias.

DOY UN SUSPIRO PROFUNDO, pongo la alarma y suelto el móvil, porque a lo tonto ya llevo casi media hora con él en la mano y los ojos me escuecen de sueño. Y también de que tengo ganas de llorar. Pero es absurdo, lo que tengo es que buscar la calma porque necesito descansar para mañana. Y realmente no sé nada, absolutamente nada de la vida de Antonio. Sólo he visto unas fotos que, en el fondo, deberían hacer que me alegrara por él.

NO ERA su falta de motivación lo que me hizo alejarme de él, igualmente no estábamos bien ya, no estábamos hechos el uno para el otro. Me digo que, incluso, es posible que fuera nuestra relación, tan atascada, lo que lo hacía hundirse más y más. Sé que tiene sentido, al fin y al cabo yo también me encuentro mucho mejor ahora: en el trabajo todo va viento en popa, sin duda, y a pesar de todo. Y, de la misma manera, él debe de encontrarse mejor sin mí.

PERO ¿y si cometí un error?

NO SÉ en qué momento me dormí, ni recuerdo haber estado llorando, pero me despierto con los párpados empapadas aún de extrañeza.

UNA TARDE DE LLUVIA

El resto de la semana se ha resuelto más o menos bien. El inversor que creíamos haber perdido, nos aseguró que quería continuar con nosotros, que no era una cosa de adaptaciones al calendario de proyectos, sino un interés real en nuestra empresa. Así que, no es que mi cagada se borrara de la historia totalmente, pero sí que nos llevó a conocer esta información tan motivadora, además de que, finalmente, mi error acabó por no alterar en nada el curso del trabajo. Pero, más allá del día de las cervezas inesperadas del lunes, ésta ha sido una de esas semanas pesadas en las que no sucede nada digno de recordar. He sentido que trabajaba mucho y volvía a casa, y así cada día, en bucle. Prácticamente no he tenido noticias de Juan Ignacio y, las que he tenido, casi siempre han acabado en una conversación caliente.

CADA VEZ que yo le he escrito me ha contestado a las horas, o incluso al día siguiente, y a penas hemos hablado nada. Los comentarios especiales sólo sucedían porque él se ponía caliente y soltaba algún elogio de mi cuerpo, algún recuerdo de los dos juntos en algún momento de intimidad o alguna cosa que tenía ganas de hacerme. No significa que no disfrute de eso, claro que lo hago. Pero, sobre todo con la distancia de ya casi un mes que llevamos sin vernos, cada vez pierdo más las ganas por él. Siento que el va por un camino y yo por otro, que él quiere una cosa y yo otra. Al fin y al cabo, que yo lo echo en falta y él a mí no.

He ido dejando clara esta idea poco a poco dentro de mí durante los últimos días y tampoco es que me sienta del todo triste, pero sí me siento apagada. Echo de menos la ilusión de saber que vamos a vernos, la emoción de verle y la de cuando estamos juntos, riéndonos, mirándonos, deseándonos. La felicidad de cuando nos tenemos a mano y nos tocamos y somos libres y capaces de sentir todo el placer que imaginemos. Echo de menos mirarlo y saber que me gusta lo que veo, y saber que me mira y que sonríe y no me juzga. Que jamás lo haría. Sin embargo, no soy capaz de atribuir ese respeto a un amor concreto y profundo hacia mí... No, se trata de una cualidad suya, que lo hace capaz de sorprenderse sentirse atraído por los demás constantemente. No siento ser, para nada, más especial para él que otras personas. Sólo me siento así en ocasiones contadas. Pero, ¿y si todo está en min cabeza?

Pienso en todo esto, pero, en un claro impulso, de repente, lo llamo sin pensármelo. Puede que, porque quiero desafiar a esa creencia mía y actuar, para así ver que, en realidad, no pasa nada. O puede que tan sólo lo haga porque lo necesito cerca de nuevo y de una vez.

—¡Elia! —me responde la llamada muy contento. Quizás ha bebido y eso es todo—. Mi Elia, ¿cómo estás? —Ese "mi" me ha relajado toda la musculatura y de golpe ya creo que está loco por mí y me he olvidado de todas las inseguridades que cavilaba antes.

. . .

–¡BIEN…! Acabo de volver del trabajo, es viernes… pero no tengo planes. Vaya, no tan bien como tú, supongo –digo simpática, como invitándole a que me cuente.

–Sí… –Sólo me dice una palabra y se queda callado y riendo, es como si no me estuviera atendiendo o como si me ocultara algo, como si estuviera en otra cosa. Entonces escucho la voz de una chica y él le responde. Hablan en inglés y, aunque yo entiendo inglés, entre sus borracheras y el sonido lejano del audio no me entero de nada de lo que dicen. Eso me pone más nerviosa porque permite absoluto estilo libre a mi capacidad de inventar.

–OYE, si te pillo mal no pasa nada. Hablamos en otro momento.

–No, no, cheeee, ¡que decís! Hermosa… ¿cómo andás?

–AY, tío, déjalo, estás borracho pasándotelo bien y ahora no podemos hablar.

–Noo, pero no te enfadés.

–NO ME ENFADO, pero es que ya te he dicho cómo estoy. –Me paro en seco. No tenía que haberlo llamado. ¿Para qué? ¿para enfadarme y ser yo la que acabo mal? Mal no, peor de lo que estaba–. Déjalo, no pasa nada, te llamo en otro momento. Pásalo bien.

–BUENO… vale. Un beso, Elia. Guapa. –Cuelgo.

· · ·

Bajo corriendo, antes de que cierre el súper que hay en mi misma calle y compro algo rápido para cenar y una botella de vino, que me bebo casi hasta la mitad mientras me preparo la cena. Mientras ceno, me pongo de fondo un podcast de mi programa de radio favorito, que finalmente queda mucho más de fondo de lo previsto; tanto, que ni siquiera lo escucho, pues mis pensamientos van por delante de todo. No puedo pararlos. La primera parte de ésta, mi velada de viernes, la paso masticando un revuelto de verduras del congelado, bebiendo vino e intentando digerir la conversación que acabo de tener por teléfono con Juan Ignacio –si es que a eso se le puede llamar conversación–. Centrada en digerir ésta, he acabado por no digerir bien la comida y ahora me siento pesada. Pero el vino ha hecho ya su trabajo, me ha despejado la mente, he sabido poner las cosas en su sitio y esto es lo que pienso ahora: he hecho lo que he querido, que era llamarlo. Eso por un lado. Por otro, él estaba borracho y ha sido un fracaso de llamada. Fin de la historia. No es culpa de nadie. Pero mucho menos mía.

Aún así ese vacío y esa decepción siguen ahí y empiezo a creer que está bastante claro que él no es para mí. Y en seguida pienso en Antonio. No, no, me niego a hacer una lista de pros y de contras de los dos, nunca creí en eso. Siento celos de la voz que he escuchado al otro del teléfono. Siento celos de la chica que encontré en el nuevo Instagram de Antonio. Ya no sé si siento algo por alguien o me siento sola. De repente se me pasa Albert por la cabeza. Al acabar el curro me dijo de tomar algo más tarde, pero le contesté que tenía ganas de venirme a casa. Ahora necesitaría a alguien, aunque fuera por el hecho de encontrar una forma fácil de animarme. Estoy cansada de estar rayada, me apetece mucho estar bien, feliz y tranquila.

No voy a llamar a Albert. No. Si me pregunto si me gusta… sí, me gusta. Pero no sé de qué manera, no lo tengo claro. Aún cabe la posibilidad de que lo que esté pasando sea una crisis de soledad de viernes lluvioso y nada más. Así que mejor no hacer nada de lo que pueda arrepentirme.

El vino poco a poco va recordándole a mi cuerpo lo cansada que estaba. Dejo lo que queda, tapado en la cocina, seguro que le espera un momento mejor para ser bebido que éste.

Mañana será otro día y, las cosas, si se hacen con calma y paciencia, no tienen por qué salir mal.

Me levanto con los párpados pesados, pero poco a poco siento mi cuerpo alivianarse. Estoy calentita bajo el edredón y me alegro de disponer de esta cama y este silencio enteros para mí. Puedo intuir que fuera el aire está fresco y el agua parada en las aceras. Me quedo más de media hora estirándome y relajándome dentro de esa suavidad tan calma y me levanto tranquila a poner una cafetera. Abro las ventanas y estos dos olores, el de la lluvia y el del café, se quedan conmigo y me recuerdan toda la energía que tengo dentro. Leo mientras desayuno, abrigada junto al balcón y, pasado un rato, me visto y salgo a la calle a hacer un poco de ejercicio.

Tengo todo el fin de semana y ningún plan por delante. Me siento libre.

Bajo, como siempre trotando despacio, casi dando un paseo. Esta vez escucho música tranquila. En cualquier momento puede ponerse a llover de nuevo, pero no me importa. Las calles están medio vacías a pesar de que no es muy temprano, pero es sábado y el tiempo, para la mayoría, no acompaña. Yo sí, sin embargo, voy con él.

· · ·

COMIENZAN A CAER ALGUNAS GOTAS QUE, al contrario de molestarme, me hacen sentir mejor. Siento que limpian el leve sudor que empezaba a brotar de mis poros y me ruedan por las sienes, por la nariz, por las curvas de mis rodillas, las siento perderse entre los mechones de mi pelo recogido y agarrarse a mis pestañas. Pero parece que va a empezar a caer más fuerte, así que, como ya llevo bastante trecho recorrido, me doy la vuelta y continúo en dirección a casa. Pero esta vez no vuelvo por Sant Joan sino que atajo por la calle paralela de al lado, para así llegar antes si la lluvia comienza a apretar demasiado.

DE REPENTE COMIENZA una tormenta que cambia las gotas por una cascada que se cuela por las nubes, llegándonos en forma de fuertes hileras de agua. Esa lluvia que ni un viento fuerte desviaría de su pesado trayecto hacia el suelo.

EN CUANTO VEO un soportal donde protegerme, al menos hasta que el cielo se despeje un poco, me paro y entro. Apoyo la espalda en la pared de uno de sus lados y me llevo las manos a la cara para secarme y, tal y como estoy, dejo rodar la espalda hacia abajo aprovechando para estirar el dorso de las piernas. Cuando estoy así, plegada sobre mí misma y cabeza abajo, alguien me habla.

—SE TE VA A IR toda la sangre al cerebro —ríe una voz joven. Me mareo un poco a incorporarme porque lo he hecho demasiado rápido, me apoyo en la pared y me quedo mirándolo, sonriendo muy cortada. Es el chico mulato con el que siempre me cruzo y está a unos dos metros de mí, a mi lado, apoyado en la misma pared. No me puedo creer esta casualidad… ni las pintas que llevo.

—¡QUÉ susto! He entrado y ni me he dado cuenta de que hubiera alguien…

. . .

–Ya, estoy aquí escondido…

–Estamos –me río. Nos quedamos callados unos segundos y la tensión se hace, en seguida, más densa que la propia humedad.

–Ya tocaba que nos encontrásemos quietos y no corriendo, sin poder pararnos–. Es bastante atrevido, aunque se le ve al trasluz una especie de timidez infantil.

–Me suena tu cara… –digo después de mirarle entrecerrando los ojos y ladeando la boca. Me estoy haciendo la loca, incapaz de afrontar su descaro, y estoy dejándole a él cargar con el muerto para que parezca que ni siquiera ha llamado mi atención. Pero es mentira, es guapísimo. Y claro que sé quien es. Y ahora que le ha llovido y la camiseta se le ha quedado un poco pegada al cuerpo, me doy cuenta del cuerpazo que debe de haber ahí abajo. Fuerte como Juan Ignacio, pero más ciclado que natural como el suyo. No soy yo mucho de estos cuerpos tan marcados pero ahora mismo tengo que hacer hasta un esfuerzo porque no se me vayan los ojos a sus pectorales delante de él.

–Nos hemos cruzado un par de veces por aquí –señala el paseo de Sant Joan–. Vaya, de hecho creo que más de dos. –pone ambas manos entre la pared donde está apoyado y la parte baja de su espalda y recoloca la postura alejando un poco más los pies de la pared, para volver a sonreírme.

. . .

–Sí, tienes razón, puede ser. –No, puede ser, no: es. Está clarísimo, pero espero estar siendo tan buena actriz como mentirosa–. ¿Ibas a salir ahora o estás de vuelta?

–Qué va, estoy de vuelta. Y menos mal porque ya no hay quien salga. Lo que pasa es que no puedo subir a casa.

–¿Por qué no puedes subir a casa?

–Porque soy idiota y porque me he dejado las llaves. Una cosa ha llevado a la otra –dice riéndose y haciéndome reír a mí también.

–Vaya… y ¿cual es tu plan?

–Pues he llamado, pero me parece que mi compañero no está. Así que mi plan por el momento es quedarme aquí esperando a que aparezca, o a que me coja el teléfono y me diga dónde está y, una vez teniendo esa información, entonces ya decidiría el plan B.

–Qué faena –me solidarizo–. ¿Cómo te llamas?
    –Me llamo Matías ¿y tú?

–Elia.

–Encantado, Elia.

. . .

–IGUALMENTE. –Miro afuera y parece que ha parado de llover bastante. Por un momento me da rabia, pero en seguida me atrevo a resolverlo–. Me quedo un poco a hacerte compañía mientras esperas –le digo volviéndome hacia él, deslizando la espalda por la pared y doblando las rodillas hasta sentarme en el suelo.

–¿No tienes nada que hacer? –me pregunta siguiéndome hasta abajo.

–No. Tengo cero planes para este finde. –Y completo la información con una sonrisa de satisfacción.

–La verdad es que está bien a veces descansar, incluso del ocio – Estoy totalmente de acuerdo con él y lo afirmo con un gesto de la cabeza–. Aunque yo justo tenía este fin de semana libre y no me ha hecho tanta gracia. Primero la lluvia y luego esto. –El pobre se ríe de su suerte y dirige la mirada al suelo, donde sus dedos juegan con los cordones de las zapatillas.

–Es mala suerte, la verdad. –Me quedo pensando y flipando con lo que estoy a punto de hacer–. Yo vivo en la calle de ahí detrás, súbete si quieres. No tiene sentido que te quedes aquí –levanta la mirada y me mira callado. Ya lo he hecho y tengo que responsabilizarme de mis propios impulsos, así que continúo para hacer que todo parezca lo más natural posible–. ¿Llevas el teléfono contigo?

–Sí

–Pues puedes seguir contactando con tu compañero desde allí. Vamos, es una propuesta.

. . .

–Sí… joder, muchas gracias. –Está cortado y como no sé lo que piensa acerca de lo que estoy haciendo, no sé si le apetece o si, por el contrario, está resolviendo cómo escabullirse de una loca como yo, decido que tengo que irme retirando antes de la derrota sea más sangrienta.

–¡Nada! –Empiezo a levantarme del suelo–. Yo voy a ir yendo ya, eso seguro, porque por mi parte, sí que no tiene sentido que me quede mucho más. Ya estoy empezando a enfriarme. –Sonrío, confiando que estoy sonando super natural–. Como quieras, por mí no hay problema.

–Venga, sí –dice levantándose–. La verdad es que tiene lógica.

Es un poco raro caminar con él hacia casa, sobre todo en ese contexto, pero este plan improvisado aumenta la sensación de libertad que ya había dentro de mí desde esta mañana.

–Además, después de la casualidad de encontrarnos así no iba a dejar de seguirte, ¿no? –me dice cuando vamos en el ascensor– Sería una tontería. –Yo no sé qué decir y, simplemente, le sonrío y dirijo la mirada hacia la puerta.

Tengo que aguantarme la sonrisa recordando que hace poco, mientras me duchaba, me imaginaba una escena parecida a ésta, sólo que en mi historia no me quedaba con las ganas de nada. No me atrevo a lanzarme para cumplir la fantasía, por supuesto que no, y aunque me dan muchas ganas de compartirla con él y contársela (aunque sea por lo curioso de la anécdota), no lo hago.

· · ·

—VAMOS A DEJAR nuestro olor a muerto en el ascensor —le digo riéndome y tirando de mi camiseta hacia fuera exagerando una cara de asco.

—¡QUÉ va! Seguro que hueles a lluvia —Acaba de matarme y encima me sonríe.

—TENGO un chándal que a mí me queda bastante suelto, verás. —Le saco también la sudadera más ancha que tengo y unos calcetines. Se los llevo al baño y alcanzo una toalla de la estantería—. Listo dúchate y luego voy yo.

—¡GRACIAS!

MIENTRAS, en la cocina preparo unas tostadas con tomate, aguacate y queso y unos huevos. Cuando de repente aparece en la puerta y lo veo, intento ocultar la felicidad que siento de que semejante hombre haya aparecido en mi casa. Es una suerte. Como si me hubiera tocado la lotería sin comprar ningún cupón ni nada. Me gustaría escribir a Sonia para contárselo, pero ahora me toca disfrutar de este momento, un oasis en medio de mi día a día.

—NI TAN MAL, ¿no? —me dice, felizmente, mirándose a sí mismo y abriendo los brazos a los lados con las palmas hacia arriba—. Me encantan los hombres con chándal de algodón. Y encima a él, que entiendo que no llevará ni calzoncillos... la tela cae cómodamente hacia abajo dando a entender unas nalgas redonditas y perfectas y, por delante, las arrugas que se forman entre las piernas... hablan por sí solas. La sudadera que le he dejado es de mangas anchas, mucho más anchas de lo habitual en la parte de la axila, del brazo al costado se unen casi como el ala de un murciélago. En principio es una prenda femenina, pero le queda súper sexy y punto. Toda caída desde los pectorales y los omóplatos y marcándole los hombros.

–¡TE queda genial! –le digo disimulando.

–¿ESTÁS cocinando y todo? –dice abriendo los ojos. Gracias a este intercambio de ropa, ahora parece que el ambiente es más divertido y relajado.

–YO CUANDO VUELVO de correr tengo que comer algo ¿tú no?

–SÍ, sí, yo feliz.

–PUES YO TAMBIÉN –sonrío mientras corto el aguacate. –¿Te gusta el vino?

–¿AHORA?

–SI TE GUSTA, te gusta siempre, ¿no?

–VENGA.

.   .   .

–Si de todas formas sólo es una copa, no tengo más –Y le enseño la botella a medias.

–Espera pues hacemos una cosa. No eches el vino todavía. Dúchate si quieres y mientras bajo, compro más vino y voy terminando esto. ¿No?

Ya parece que somos amigos desde preescolar. Le dejo incluso las llaves. Esto me parece súper emocionante.

Comemos sentados sobre unos cojines en la mesa baja de centro. Nos reímos comentando nuestro sábado y estamos de acuerdo en lo divertido que está siendo y en que nunca nos había pasado algo así. Conocer a gente en cualquier sitio y continuar el día juntos es algo sólo propio de cuando se viaja, pero en la vida normal, todos tendemos a vivir como no deberíamos. Ignorándonos.

Nos atraemos, el vino sube en seguida, la lluvia continúa cayendo fuera y desde el calor de la casa sabemos que el aire es húmedo y fresco afuera. De repente suena música guajira y bailamos, todo está pasando muy rápido, muy tierno y nos besamos, no sé decir si desde hace unos segundos, o si acaba de pasar. Pero yo me echo hacia atrás y le sonrío y me pregunta si estoy bien. El vino está haciendo que todo salga, siento que me expando a pesar de estar pensando en otra persona. Eso también se lo digo y él me escucha, "como buen vecino", le objeto, y él ríe. Y me cuenta que mantiene una relación abierta con alguien que está lejos y a quien echa de menos cada día. Me entiende. Pero opina que, al menos en su caso, la vida sigue y hay que vivirla sin despedirse, sólo esperando que siempre volveremos a encontrarnos. Añade que no hay por qué hacer nada, ni siquiera bailar, si no queremos ambos, pero yo subo la música y vuelvo a él. A bailar música cubana con el mulato del barrio –que en realidad nada tiene que ver con cuba porque es de y nacido en Barcelona– que este sábado ha aparecido en mi casa.

NUESTROS LABIOS VUELVEN A JUNTARSE cuando los pasos que nos marca el son nos dejan. Intercalamos el baile con los besos sin priorizar ni lo uno ni lo otro, como si todo fuera sexo o todo fuera danza. Y, como en una clase de baile, una vez los pies están bien marcados, vamos metiendo caderas y poco a poco las cuatro se acompasan hasta ser ya dos imanes que se han caído y perdido en la orilla. Cuatro por cuatro, los brazos, entran luego. Mis brazos por mis mangas de murciélago, esta vez sobre los brazos de otro, se arrastran por sus músculos, marcados como las curvas de una colchoneta de playa. Yo me escurro por la sal que hay en su piel, paso mis labios y mi lengua por su cuello, su barbilla, su pecho y luego bajo, bajo, bajo… hasta que paramos el baile. Y la música queda sonando de fondo, abandonada a nuestros pies como un chándal que ya se había vuelto incómodo.

POR FIN, LA VUELTA

Acabo de despertar y Matías está de nuevo sobre mí. La música dejó de sonar hace horas, pasó el sueño y nuestras caderas aún siguen danzando en la orilla. Pero el agua va subiendo y ya empieza a mezclarse con la arena caliente de los primeros rayos de la mañana. Por la ventana entra una luz dorada y afilada de entre las persianas, esa luz de después de la lluvia que es tan brillante. Matías se mueve de una forma que me lleva y, aunque mi cerebro no lo sigue tanto como lo hace mi cuerpo, me siento a punto de explotar, cada vez más hinchada, cada vez más rápido, bombeando su sangre dentro de mí. Suena el teléfono en algún lugar en el salón, pero yo lo ignoro porque, aunque la magia de ayer ya se ha esfumado, el sexo es un lugar que mi placer se niega a rechazar.

Después de la respiración acelerada y los sonidos de nuestras voces ahogándose a la vez, Matías me besa dulcemente y se aparta, acaricia todo mi cuerpo, lo observa y sale de la habitación. Se entiende que él ha terminado. De nuevo suena el teléfono y esta vez sí acudo a descolgar la llamada. Algo enfadada, olvido mirar primero quién era.

—¡Buenos días de resaca, hermosa! —es Juan Ignacio y Matías está en el baño.

–¡Hola! ¿Qué tal? ¿Ya has vuelto?

Juan Ignacio, que, por supuesto no sabe que éste no es momento, se enreda a contarme todo el viaje de vuelta y lo bien que lo ha pasado el fin de semana. Se me hace imposible escuchar bien todo lo que me cuenta mientras intento pensar qué podría decirle para cortar la llamada cuanto antes.

–Estás medio dormida aún ¿no? ¿Mucha fiesta? –me pregunta riendo.

–En realidad no, pero me acosté tarde. –No estoy mintiendo, pero aún así me siento como si tal cosa–. Te llamo más tarde ¿vale? Cuando esté más espabilada y eso. Y ya me cuentas todo bien, que será largo. ¡Te has pegado un buen viaje! Todo enero fuera y más los días diciembre... ¡Te quejarás! –exclamo, intentando aparentar normalidad.

–¡Sí! Vale...

–Venga, pues luego te llamo –intento cortarle rápido porque acaba de sonar la cisterna y, como mi piso es enano, se escucha todo.

–Vale, vale. Hablamos luego, guapa. –Detrás de mí, Matías se despereza y bosteza ruidosamente.

–¡Un besito! –Cuelgo.

Detrás de mí me agarra de la cintura, me arrastra a la habitación y me tira en la cama. Yo estoy distraída, me lo nota, adivina que quien me ha llamado era Juan Ignacio y me pide disculpas, pero besándome por toda la axila, junto al pecho. Pero lo paro, porque creo que esto ya no tiene más que ofrecerme. Ha sido un sábado extraordinario y divertido, pero que el sexo esté bien, no significa que sea excepcional. La conexión sucedió ayer y hoy noto que no soy la única en reparar que ya no es lo mismo. Le digo, cariñosa, que hay que levantarse y recogemos. Ni siquiera intercambiamos nuestros números. Tal vez volvamos a cruzarnos.

Me encuentro con Juan Ignacio en el Arc de Triomf unas horas más tarde. Vamos a dar un paseo hasta Barceloneta y tomar algo por allí. Hace un buenísimo día de sol y aún con frío, apetece aprovecharlo. La calle está llena de gente que, como nosotros, sabe disfrutar de los domingos. Bajo el Arco del Triunfo se derrama un espacioso paseo elevado sin coches, sólo parejas, amigos, niños jugando con las pompas que lanza un artista callejero y entre los grandes maceteros urbanos que se reparten en los lados, muchos chicos jóvenes pasan las horas saltando y haciendo trucos con sus patines.

El sol pega muy fuerte y me quedo con las gafas de sol puestas, apoyada bajo una de las patas del arco y protegida bajo su sombra. Llevo mi fino abrigo largo verde y una bufanda muy grande para cuando, por la tarde, baje la temperatura. Lo veo venir de la calle que da a la Estación Nord cuando él aún no me ha visto a mí. Me quedo sonriendo bajo las gafas, mirándolo caminar con las prisas, hasta que me encuentra con la mirada y entonces se dirige hacia mí, con la cara iluminada y tomando un ritmo más enérgico su paso. Reconozco la paz que siento de nuevo.

Nos abrazamos con ganas, me besa entre la cara y el cuello cariñosamente y me mira con una gran sonrisa. Estoy feliz, pero en seguida me pregunto qué pasa. Yo tampoco lo he besado, pero ya es tarde para hacerlo. Yo tampoco lo he besado porque sus movimientos me han hecho dudar.

No quiero darle importancia. Caminamos sin prisa deslumbrados por el sol hasta adentrarnos bajo los retales de sombras que forman el parque de la Ciutadella. Mientras me cuenta lo que ha hecho durante su viaje, a la gente que ha conocido, lo bien que lo ha pasado, yo lo escucho con ganas y me doy cuenta de que también con cariño. Él está feliz de repasar estos días conmigo y yo feliz de escucharlo. Entonces me pregunta por el trabajo y le cuento todo: desde los progresos de mi figura dentro del equipo, como la mejora en mi relación con todos ellos y que hasta Albert ha conocido a Sonia y a Damián. Le cuento aquella metedura de pata y también como la solucionamos. Le explico que me siento cómoda y con fuerza para seguir dándolo todo. Jamás imaginaba que hoy mismo llegaríamos a estar sintiéndonos como parece que lo estamos haciendo: tan cómplices. No me esperaba la manera en que me ha preguntado por cómo estoy y por mi trabajo. Puede que sigamos jugando sentados uno a cada extremo del balancín. Pero ahora entiendo que se trata de los extremos de un mismo juguete y me parece que éstos no están tan lejos el uno del otro. Y también que, al fin, a los dos nos cuelgan los pies en el aire que la barra que a ambos nos sostiene, se mantiene en paralelo con el suelo, sin dejar a uno por debajo del otro.

Salimos del parque y continuamos nuestro camino hasta toparnos con un montón de gente a las puertas de la estación de Francia. Entonces caigo en la cuenta de que, un domingo al mes, se celebra un mercado allí dentro. Por supuesto, entramos, y le explico que se trata de una de las últimas estaciones ferroviarias modernistas, típicas del siglo XIX, en Europa. Que no sólo entramos a un mercado muy guay, sino que nos encontramos dentro de un edificio monumental de la ciudad. Él repite lo satisfactorio que es poder conocer esta ciudad de mi mano e, inmediatamente después, le agarro del antebrazo con cariño y el lo desliza hasta agarrarme la mano mientras comienza a andar entre los puestos de antigüedades y artesanías.

Me siento tan cómoda como sorprendida. Pero este momento dura poco y se disipa por nuestra prisa por mirar y tocar todo lo que vemos, porque es muy tarde y el mercado ya está recogiendo. Llegamos a perdernos, pero luego nos encontramos de nuevo. Y, cuando ya van quedando cada vez menos trastos esparcido por suelo del hall de la estación, empieza a sonar la música. Un Dj llama la atención de los presentes, poco a poco, la antigua cafetería de la estación se abre hoy como pista de baile. Son las cinco de la tarde y, por qué no, esto es Barcelona. Y quizás, ya nunca vuelva a ser febrero de 2019 para nosotros.

–Es la primera vez que bailamos tanto tú y yo –le digo.

–Tanto tal vez, pero no la primera vez que lo hacemos –me responde.

–De hecho, fue lo primero que hicimos.

Nos damos y nos soltamos las manos, me remueve el pelo, nos agarramos las cinturas, bebemos del mismo vaso, pero aún no ha habido ni un beso. Es extraño porque eso no impide que nos comportemos como si, en realidad, no paráramos de hacerlo, pero la falta de ese acercamiento mantiene una tensión entre los dos que creo que él está disfrutando y queriendo alargar tanto como yo. Paradójicamente, porque lo estamos deseando.

Nunca fui tan yo con él como hoy lo estoy siendo, pero parece que siempre hubiera sido así. Y, como todo va a la par, igualmente sé que él se está mostrando tal cual es conmigo, más que nunca. Cuando llegamos a Barceloneta sobre las 8 y nos sentamos en una terraza junto al mar, se lo digo.

–Hoy he notado una conexión contigo muy íntima. Como si fuéramos amigos de siempre y, por ese lado no me sorprendía, pero por otro, era algo casi totalmente nuevo. –Le suelto todo esto sin miedo alguno, convencida de mi percepción y de lo que hoy estoy viviendo y sin pararme a pensar en si él siente o no lo mismo.

–Sí, sí… –me contesta casi a la vez que yo termino de hablar–. Como una sensación muy de estar en casa, ¿viste?

–¡Exacto! –aunque no nos sentimos incómodo del todo, tocamos el vaso, golpeamos los dedos sobre la mesa y toda esa clase de pequeños movimientos que se hacen cuando no se sabe qué decir–. Qué suerte hemos tenido encontrando una mesa aquí.

–¡Y, te encantó! –celebra alegremente y exagerando un guiño del ojo.

Me pregunta si me apetece vino, nos traen la botella, la probamos, brindamos en silencio, sólo con una sonrisa. Lo noto distraído, hasta que de repente habla.

–Bueno, ¿qué tal fue el fin de semana?

–Bien, tranquilo, entre que yo estaba cansada y que no ha llovido, no he hecho nada. Además, ni siquiera estaba Sonia, que se ha ido el finde a su pueblo, así que…

–Y durmió alguien hoy contigo, ¿no? –Me quedo inmediatamente fría y hago lo posible por que no se me note. Espero a que termine de hablar antes que decir nada, manteniendo un gesto de escucha y sorpresa en mi casa. –Bueno o igual ya tu casero encontró un compañero para tu casa, no lo sé…

Él intenta aparentar que no le está dando importancia y adopta un tono un tanto cínico. Me quedo callada, tal vez algo molesta, y no se me ocurre otra cosa que responderle con otra pregunta.

–¿Qué pasa? ¿A qué viene esto? Estás raro. –Claramente no estoy respondiendo sino, al contrario, estoy volcando todo el problema sobre él para darme tiempo y espacio y, en definitiva, porque no sé donde meterme.

–¡Nada! No pasa nada, sólo que escuché que había alguien ahí cuando te llamé y no sé, ¡me dio curiosidad!

–Entiendo que pueda darte curiosidad, lo que me sorprende es que hace unos meses ya tuvimos una conversación sobre este mismo tema, ¿no?

–Sí, sí. Tenés razón.

–Si te digo la verdad hoy me siento muy feliz, pero desde hace más de un mes, que nos fuimos de vacaciones y hasta ahora que tú has vuelto y que hemos estado sin vernos, me he sentido bastante mal. –Intento abrirme, sin ser agresiva.

–¿Cómo mal? –Él entiende que no estoy enfadada.

–No sé, me cuesta explicártelo, sobre todo a ti, porque no tengo claro qué quiero ni, por tanto, qué es lo que me molesta. Pero sí... sí. Me molesta que no siento el mismo interés por tu parte que el que tengo yo por ti.

–¿Cómo? –se sorprende.

–Sí, tío, no he sabido a penas de ti. Parecía que sólo me escribías cuando te ponías cachondo –le digo, esta vez puede que mostrando un poco de mi molestia–. Y antes de ayer, cuando te llamé, yo también me sentí mal. Pasaste absolutamente de mí y a la vez hablabas con otra chica que tuve que escuchar de fondo... Por todo esto me parece raro... y la verdad es que, para qué te voy a mentir, me enfada un poco también, que me preguntes esto a mí ahora.

–Es verdad...

–No entiendo nada de lo que pasa entre nosotros. Tenía muchísimas ganas de verte y hoy, al encontrarnos, me has dado un beso en la cara. Hemos estado muy bien, sí, pero ese gesto me confunde. Parece que siempre te movieras de un lado para otro tan sobrado, tan seguro... y yo estoy aquí sin tener ni idea de lo que está pasando. No me queda otra que obligarme a asumir que no tenemos nada, que cada uno tiene su vida...

–Eh, pará, pará... sí, ya te digo que tenéis razón. –Nos quedamos quietos y callados. yo, por mi parte, dispuesta a escucharlo porque tampoco se me ocurre qué más decir–. Pero te juro que no tenía idea de que te hacía sentir así... –comienza a decir despacio–. Primero la manera en que te he entrado a hablar estos días, lo siento... ¡Y sí... claro que estaba cachondo! Pero porque vos me ponés así. Me acordaba de vos y simplemente a vos acudía, ¿viste? Supongo que tal vez pude sonar grosero, qué sé yo, no me di cuenta.

Yo sigo en silencio, lo que oigo no está mal y quiero seguir oyendo.

–No voy a preguntarte más por quien estaba en tu casa. Ni quiero, ni tengo por qué saberlo. Al menos así es como pienso yo... es difícil llevarlo, pero creo que es lo que debo hacer. Pero igual te digo que aquella chica que escuchaste sólo era la amiga de un amigo. Yo estaba muy borracho y muy distraído, siento que no te hice caso, de verdad.

–No pasa nada, en serio... –Ahora soy yo la que se siente mal por no contestarle a lo de Matías. Aunque sólo me siento mal en parte. Con esta chica no, pero con otras quizás sí ha estado. Y yo no quiero arrepentirme de lo que hice ayer.

–Elia –Apoya los codos en la mesa, se toca la cara, se frota le frente, baja los brazos y se rasca los dedos de una mano con la otra–, yo no voy sobrado, aunque te lo parezca. Me he pasado el viaje pensando en ti y esta mañana me he sentido mal. Pero soy consciente de nuestra situación y de lo que yo en el fondo quiero que, como ya te he dicho otras veces, es todo. Contigo lo que venga, menos forzar ninguna historia... Y yo estoy aquí haciendo un master, no sé si me iré ni cuando... supongo que son vario motivos los que me llevan a no plantearme las cosas como tú.

–Últimamente, yo tampoco tengo claro lo que quiero, si te soy sincera –acudo a responder rápidamente y mirando a la mesa. En parte es un acto reflejo de defensa, en parte una verdad que es él quien me ayuda a descubrir.

–¿Todo bien por aquí? –Aparece el camarero que nos trae una carta, y coloca manteles individuales y cubiertos mientras nos habla– Disculpas por tardar en atender, pero íbamos justos de tiempo y como teníais la reserva para un poco más tarde...

–No, sin problemas. No tenemos mucha hambre todavía, vamos bien con el vino –le sonríe Juan Ignacio al camarero.

–¿Habías reservado mesa?

–Sí –me responde frotándose el muslo con la mano y sosteniendo una sonrisa de lado.

Yo le respondo con otra sonrisa y levanto la copa buscando un brindis y acercando mi silla a la suya. Mientras bebo no puedo dejar de mirarlo y sin soltar la copa, lo agarro suavemente del cuello con la otra mano y le beso.

–Hoy lo estoy pasando re-bien –me dice, aun con mi nariz pegada a la suya.

–Yo también. –Aún no quiero separarme.

–Durante el viaje me he sentido muy afortunado y muy acogido, por todo lo que estoy conociendo, por los amigos que me invitaron a pasar las fiestas con ellos y con sus familias. Incluso he echado de menos Barcelona –Me acaricia la palma de la mano una vez ha dicho esto.

–Barcelona no sé, pero yo he notado que no estabas. –Y venga besos y más besos. Todos los que no nos hemos dado a lo largo de la tarde y en las semanas anteriores.

–Y bueno, me apetecía venir aquí contigo y reservé por asegurarnos una mesa, tampoco es para tanto. –Se avergüenza y ríe con picardía–. Y puede ser que ahora te asustes vos y salgas corriendo, ¿viste? Pero es que resulta que también tengo esto… –Saca una caja de cartón vieja y mal cerrada del tamaño de una bombonera. Siento el envoltorio… era más bien por protegerlo, no tenía otra cosa en el momento.

–¿Para mí? –Abro las solapas de la caja y aparto unas cuantas virutas de madera que protegen el contenido en sí.

–¡Y claro que para vos!

–¡Ay es tu bici!

–¿Verdad? Bueno, casi.. el color especialmente y que es de carreras. No es exactamente la mía, pero y sí… Me pareció una miniatura muy bonita. Además, a ti te gustan los objetos antiguos.

–¡Me encanta! ¿La has comprado en el mercado?

–Sí, por eso que no encontré otro paquete más lindo… –Yo sigo mirándola, encantada–. La bici que me agencié para ir pasear contigo. La mejor compra que hice acá.

OTRA VEZ ANTILLA

*H*ace ya más de dos meses que despierto con esta sensación de paz, apoyada en el brazo de Juan Ignacio con él acurrucado alrededor de mí, o en su pecho, acariciándole el pelo. A veces en su espalda. En esas ocasiones levanto el edredón y me quedo mirando cómo la cuesta abajo de su columna retoma su camino hacia arriba, hasta llegar al coxis y luego muere en sus muslos. Mi mano siempre se va directa hacia allí. Así son mis buenos días: me acurruco entre el edredón y su cuerpo y él se deja acariciar y despertar despacio. O bien me dejo yo, cuando es él quien despierta primero. Al que después abre los ojos es a quien le toca hacerse el dormido –lo cual es también una delicia–, mientras el otro se recrea, unas veces con más prisa, otras con menos, en hacer lo que se le antoja. A veces lo acaricio y lo muerdo despacio por distintas partes del cuerpo, o me recuesto con la cabeza sobre su estómago y observo cómo se va levantando poco a poco, como una flor despertando en la mañana. Acaricio muy despacio su despertar involuntario y me quedo contemplando esa imagen a cámara rápida, casi en *timelapse*. Veo las gotas de rocío deslizarse desde el centro hasta el jardín de su pelvis, al calor de los primeros rayos de sol. Y entonces me acerco a olerla, hasta que el olfato llama al gusto y yo me dejo llevar y, él, a veces se desespera y me levanta, me coge en brazos y me lleva a cualquier parte. A veces me sienta en la encímela de la cocina, otras me tumba en la alfombra del salón, otras me lleva a la ducha.

Hace ya más de dos meses que mi piso despierta bajo el movimiento nervioso e imperceptible de sus propias pareces, con el sonido de las patas del somier que dibujan pequeñísimos óvalos sobre el suelo, con ese ruido sordo del colchón empujando contra el somier y también, a veces, el de la pobre pared siendo golpeada una y otra vez en el mismo lugar. A veces es el tintineo de los cacharos de la cocina los que se oye, como si un rebaño llegara desbocado desde lo alto de la montaña en medio del silencio. Otras mañanas, como si hubiera un temporal afuera, los cristales de los ventanales del balcón tiemblan dentro de su caja de madera, bajo mis manos, bajo su espalda, bajo mis nalgas. Suena la fricción de nuestra piel transpirando sobre los cristales. Suena en el timbre el cartero, a quien nadie abre, los perros que ladran cuando el final se acerca, el agudo silbido de la tetera evaporándose, abandonada.

Ya estamos en abril y con el calor que desprenden nuestros cuerpos, tenemos casi suficiente para no pasar frio. Hoy el edredón dibuja su línea final a la altura de mis caderas, meciéndose como las olas de cartón en una película animada, haciendo sonar su aire y sus pliegues muy sutilmente, a causa de mis movimientos. Juan Ignacio juega con sus dedos dentro de mí y con su lengua se recrea en uno de mis pechos. "Ven aquí", le digo, para que la traiga a jugar con la mía mientras continúa tocándome. Mi respiración cada vez es más dura y gimo mirándolo con mi frente pegada a su frente. Cada vez conocemos mejor nuestros orgasmos y, a veces, él sabe cómo hacer para que yo lo alcance sin ni siquiera esperármelo. Continúa acariciándome y aún me está mirando cuando abro los ojos. Nos besamos durante un rato. Menos mal que es viernes y es festivo. Semana Santa. Santa Semana. Nuestros labios están húmedos y tiernos.

—Buenos días —le saludo mientras le acaricio la parte más baja de su estómago.

—Buenos días —me responde, aún acariciándome también.

—¿Tienes resaca? —le pregunto casi más con la respiración, que con la voz. Él me responde con sonidos y con movimientos de la cabeza, que tiene metida en mi cuello. –Ayer bebimos mucho, pero nos lo pasamos bien ¿no?

–Yo me lo pasé muy bien, estuvo bueno. Sonia es re-divertida. –Se tumba a mi lado, coloca su brazo debajo de mi cuello y descansamos–.Y Alex es un artista, mucha risa también con él. ¡Ah! Me encanta la gente con la que te reís así, ¿viste?

–Sí… es verdad. Y qué fuerte, al final parece que van súper en serio. Lo digo por Sonia, que decía que no quería nada más allá con él y mira. Casi que no la reconozco. Pero me alegro por ella, en realidad la siento más a gusto que con nadie.

–Así que mañana celebramos los cuatro en el lugar donde empezó todo.

–¡Sí! –me río–. Otra idea tierna de Alex.

–Sí, que lindo, tan infantil. Lo pasaremos bien, me apetece.

Se gira y se queda mirándome a los ojos, mientras se coloca un condón y, para cuando se tumba sobre mí, ya hay un río entre mis piernas por el que deslizarse sin problemas. Cuando aprieta despacio y con fuerza sobre mí, ahoga mi voz con un beso, generando más tensión en mis cuádriceps y en mis hombros. Un nervio que me llega hasta el estómago y eleva mi placer hacia lugares que sólo con él alcanzo. Me muerde los pezones, me estremezco y sale de mí. Me incorporo, entonces, apoyándome sobre mis manos, indignada. Pero me agarra de las piernas y tira de mí hacia abajo, haciendo caer mi espalda de nuevo sobre el colchón, hasta dejarme el final de la columna apoyado justo sobre el borde de la cama. Para que no me caiga, coloca mis muslos sobre sus hombros y sus orejas entre mis muslos. Ahora todo el calor del piso se concentra entre mis piernas. La inestabilidad de sólo tener una parte de mi cuerpo sobre la cama me lleva a una excitación nerviosa que, de repente, me hace incorporarme y reptar hacia arriba tal y como estoy, en dirección a la almohada. Él sigue lamiéndome y agarrando a mis caderas, y yo tiro de nuevo hacia arriba. Cada vez más violenta, le cojo el brazo y lo empujo desde el pecho hacia abajo para clocarlo bocarriba sobre la cama, al tiempo que yo me subo encima. Sentada sobre él, pronuncia mi nombre.

–Dímelo otra vez –le pido manteniéndolo a las puertas de mí.

–Elia –me repite incorporándose sobre sus codos.

–Dime –le respondo y mis caderas se dejan caer lentamente, pero sin llegar hasta abajo. Vuelvo a subir, acerco mi pecho a su boca.

Vuelvo a bajar, y a subir y bajar de nuevo despacio, manteniéndole la mirada de frente. Ahora sí bajo hasta el final, llevo mi cuerpo y mi cabeza hacia atrás y él acude a sujetarme la cabeza para traerla de nuevo hacia sí.

–Elia –me besa.

–¡Qué! –respondo entre gemidos ahogados, mirándole y moviéndome sobre él muy despacio, que aún me sujeta la cabeza para mantenerme cerca.

–Te quiero.

Lo beso como nunca y nuestro ritmo se acelera. Y nosotros no podemos oírlo, pero suenan las patas de la cama, el somier, el colchón y la pared, los cacharros de la cocina y hasta los cristales del salón.

A la noche siguiente hemos quedado en un bar cerca de Antilla para comer y beber algo antes de entrar. Pero, a última hora, Sonia y yo nos hemos escrito para vernos nosotras una o dos horas antes.

En Barcelona, mientras no llueva ni haga viento, abril es un mes bastante agradable. Las temperaturas ya están empezando a bajar y hoy hace una tarde tranquila y cálida. Empezamos a recuperar nuestra ropa más ligera, nuestros cuerpos tienen más energía y es muy difícil no salir a la calle y quedarse en casa.

–Sonia, ¡qué guapa estás!

–¡Gracias! Estreno vestido para la ocasión –dice riendo. Lleva unas botas altas y un vestido largo hasta media pierna, algo más largo de donde las botas terminan, precioso, todo negro, y encima una chaqueta vaquera gris con borlones morados–Y tú como siempre, qué te voy a decir, con esa melena que te ha vuelto a crecer tan rápido ¡Qué envidia, hija!

–Bueno, aun no está como antes. –le contesto tocándome el pelo.

Yo me he puesto unos botines por los tobillos, los rojos, los mismos que me puse para venir a este mismo sitio hace casi siete meses. Una falda corta vaquera y una camisa enorme blanca. Los labios como las botas, rojos.

–Cuéntame, que desde que estás ennoviada no sé nada de ti –me suelta ella.

–Perdona, amiga mía, pero la ennoviada, aunque te cueste reconocerlo, eres tú. –le respondo acusándola con el dedo índice y riéndome. Ella también se ríe, porque está feliz.

–Lo sé, para qué mentirnos si ya no hay nada que ocultar, ni cómo ocultarlo. ¿Qué le hacemos?

–¿Estás bien? Yo te noto muy en paz y muy alegre, te lo digo de corazón.

–Lo sé, si a ti se te nota todo. Sí, lo estoy. Igual no me estoy comiendo mucho el coco porque es extranjero y pienso que se puede ir en cualquier momento. –dice aireada, bromeando.

–Alemania está al lado. Y no se va a ir, te lo ha dicho.

–Bueno, por ahora no. ¿Juan Ignacio se queda?

–Nosotros no hablamos de eso. Estamos viviendo nuestra relación y, cuando tengamos alguna información importante que darnos, nos la daremos. Eso ha sido lo único que nos hemos prometido.

–Me alegra que estés contenta con ese plan. Me parece sensato y, además, implica compromiso y confianza. Más que muchos otros tipos de relación, créeme.

–Sí, entiendo lo que dices. Yo pienso igual, me siento cómoda con esto ahora. Aceptamos incertidumbre como animal de compañía…

–¿Segura?

–No. Quiero decir, sí, pero sigue sin ser algo fácil. Creo que es parte de la vida.

–Muy bien dicho, Elia, es así. Y estoy muy orgullosa de ti. Creo que es muy valiente estar con quien quieres estar, confiar en esa persona y en ti, a pesar del miedo a que la historia tenga que romperse… –Sonia se siente un poco mal por lo que acaba de decir, se lo noto porque se le acaba de cambiar la cara–. Porque él se vuelva de España, por ejemplo, digo.

–Sí, sí tranquila, si tienes razón. Lo hemos hablado por encima alguna vez, sin querer ahondar mucho en el tema, como es normal. Porque ninguno sabemos. Aunque está claro que yo sé menos que él... pero bueno. Creo que, al menos, contempla la posibilidad de quedarse.

–En realidad no estoy segura en absoluto de que Juan Ignacio quiera quedarse en España. Él no ha dicho nada en claro al respecto. No quiero hablar ahora de esto, ni ahora ni nunca, al parecer. No quiero ponerme triste.

–Ah ¿sí? –Se le ilumina la cara.

–Bueno, no me convence, porque él habla constantemente de cuando se vuelva. Pero también dice que está bien aquí y, por ahora, no está teniendo problemas llevando el negocio a distancia. Sólo se tienen que comunicar con su hermano a menudo, y para eso, hoy en día no hay problemas. Lo malo son otro tipo de reuniones en las que sí le gustaría estar más presente... Pero en fin, que ya te digo: es un tema que no termina nunca, porque no tenemos ni idea. Son todo cavilaciones y resulta cansino, la verdad.

–Ya si te entiendo... Pues ya está. Se acabó el tema.

–¿Nos pedimos algo de picar? aunque estos vengan más tarde.

–Sí, no pasa nada, si ya casi están al llegar. Luego seguimos pidiendo más cosas. Yo también tengo hambre, pide lo que quieras, pequeño, aunque sea para matar el gusanillo. Y otra cerveza, porfa.

Me levanto al baño y, de camino, pido dos cervezas más. Cuando vuelvo los chicos ya han llegado.

–¿Habéis venido juntos? –les pregunto después de darle un beso a Juan Ignacio.

–Sí, hemos quedado para coger la línea roja juntos. Como yo vivo en Poblenou, estamos cerca y a mí me parecía bien ir hacía él –me explica Alex, que cada vez habla mejor español.

–Ya somos amigos, ¿qué te pensás?

Cenamos juntos los cuatro, ahora anochece más tarde pero aun así ya se ha ido el sol. Charlamos mucho y nos reímos mucho. Soy muy feliz de tener a mis dos personas preferidas juntas y a mi lado. Y me alegra que a Sonia le vaya bien con Alex, aunque en parte se me hace raro y creo que temo un poco quedarme sola si Juan Ignacio se va. Sé que es egoísta y cobarde y absurdo… por eso evito pensar en ello.

–Te merecías alguien tan bueno como Alex –le susurro cuando ya estoy un poco borracha. –Te mereces a quien tú quieras tener.

Después de la cena y de un par de copas al aire de los coches que pasan frente a una típica terraza del Ensanche, pagamos y vamos hacia Antilla, que está a sólo dos calles. Hoy la fiesta, como siempre, es de salsa, pero los Dj's van a mezclar los ritmos latinos con música electrónica. Tenemos muchas ganas de bailar y de continuar la noche juntos. ¿Qué podría salir mal?

Al entrar, encontramos una mesa justo antes de llegar a la barra. Nos quitamos las chaquetas y nos sentamos y Alex y Juan Ignacio se acercan a pedir la siguiente copa. Sonia y yo nos quedamos sentadas mirando alrededor. Hay bastante gente y algunos ya están bailando. De repente, detrás de todos esos cuerpos que se mueven, me parece ver un cuerpo conocido. "No puede ser ", me digo a mí misma y traigo la mirada hacia la mesa de nuevo. Sonia me mira, luego mira hacia el lugar donde está ese cuerpo conocido de espaldas y luego a mí. Yo no estoy segura, sólo nerviosa. No he vuelto a mirar. No sé por qué ignoro la mirada de Sonia. Creo que no quiero asumir la posibilidad de que sea él.

YO TAMPOCO LO ESPERABA

A Sonia le da tiempo de pronunciar mi nombre sólo dos veces antes de que yo me retire las manos de la cara y vuelva a incorporarme a tiempo, justo cuando vuelven Alex y Juan Ignacio con las copas. Vienen charlando, entre la gente y no han podido darse cuenta de que algo pasa. Ni siquiera le he visto darse la vuelta, pero no hace falta, he convivido, observando y rastreando el cuerpo de esa persona durante los últimos casi diez años de mi vida. Me encuentro mareada de los nervios, pero intento actuar con normalidad, sonreír, mantener la cabeza en alto, la respiración pausada y todas esas cosas de las que hay que estar pendiente cuando es urgente buscar la calma. Esta idea que parece contraproducente, realmente lo es. Así que intento ignorar a mi cabeza y atender a la conversación que en mi mesa están teniendo, sobre todo, los chicos. Le hago un leve gesto de negación a Sonia para que no se preocupe y me ayude no pensar en esto ahora mismo.

PERO LA VERDAD es que estoy bastante fuera de la conversación de mis amigos porque intento, con mucho cuidado, mantenerme pendiente de si Antonio en algún momento decide moverse hacia la barra, hacia el fondo de la sala, o hacia cualquier sitio que impida que me vea dirigiéndome al baño. Me gustaría ir a despejarme un poco a solas. Al menos dos minutos de respirar y pensar con la cara que me de la gana poner, con el asco, la rabia o el miedo que mi cuerpo necesite expresar. Necesito como ese desahogo físico, como esa coreografía gestual. Llorar sería demasiado, llorar lo estropearía todo.

ENTONCES VA hacia la barra y yo aviso a estos, dirigiéndole, especialmente, la mirada a Sonia, de nuevo le digo que no se preocupe. Me alegro al ver que uno de los tres servicios es grande y tiene un lavabo dentro. Me miro en el espejo y respiro hondo. Me quejo ante mi reflejo, le pido consuelo y me devuelve una actitud más calma, se pone guapa para que yo la vea y me sienta poderosa y capaz. Nos alegramos de no usar maquillaje y nos refrescamos un poco la cara, nos secamos con un papel, repasando bien el contorno y la sombra de ojos y los labios, que también nos volvemos a pintar. Nos colocamos la camisa y la falda. Estamos guapas. Todo está bien. Si había que enfrentarse algún día al recuerdo de Antonio en persona y si ese día tiene que ser hoy, pues adelante. Mañana será una cosa menos.

PERO CUANDO SALGO del baño lo veo a unos metros y él también a mí. Todo pasa muy rápido. Yo me hago la loca, pero él me para a medio camino.

—Elia... —Me agarra del brazo.

—ANTONIO —respondo intentando transmitir más perplejidad que emoción, por evitar que parezca que he visto a una vecina a la que no quería saludar. Es lógico que me pille por sorpresa esta situación, pero tampoco quiero que se me note nerviosa. Ni siquiera quiero estarlo, pues si no, pierdo fuerza y ahora, más que nunca, necesito estar lúcida y en paz.

. . .

–¿CÓMO estás? ¿Qué haces aquí?

–BUENO, es más raro verte a ti por aquí que a mí, ¿no? –digo sonriéndole.

–Sí, sí, la verdad es que sí. Pero es el cumpleaños del Pep, ¿te acuerdas de él? –señala a donde se encuentra el grupo con el que viene, yo digo que sí con la cabeza– Y hemos estado echando la tarde por ahí, hasta que alguien ha propuesto venir aquí y nada, aquí estamos... Dime, ¿cómo estás?

–BIEN, la verdad –sonrío y me siento más tranquila al ver que él está algo tenso. Quizás es un poco ruin por mi parte, pero supongo que, a veces, así es el juego. –¿Y tú? Me apareció tu sugerencia un día en Instagram –me atrevo a decirle, y esta vez sí que agradezco mi miedo a los silencios incómodos–. Supe que eras tú porque te vi en las fotos. ¿Has montado una marca de cervezas? Cuéntame.

–¡Sí! No sabía que me seguías...

–No, no lo hago. No me atreví a hacerlo.

–YA... Pues sí, el Jordi y yo llevábamos tiempo comentando cosas, para acá y para allá, pero al final todas fantasías y ya sabes, mucho decir, pero poco hacíamos los dos. El caso es que esta idea, no sé muy bien por qué, sí que continuó comentándose. Primero por horas, luego por días, hasta que nos dimos cuenta de que nos motivaba y de que tampoco era tan complicado intentarlo.

· · ·

–Me alegré muchísimo al encontrarlo.

–¿Tú sigues en el estudio?

–Sí, ya contratada –le respondo sonriente pero escueta. Estoy siendo muy breve porque no me siento cómoda del todo. Estoy sintiendo una pena mucho más fuerte de lo que esperaba, me siento extraña mirándolo, no sé qué es, sólo sé que querría abrazarlo. –Bueno, Antonio, me alegro mucho de verte y de que estés bien. Disfruta de la fiesta.

–Bueno... –Cuando me despido me agarra la mano, me mira con tristeza en los ojos y se queda bloqueado durante unos segundos– Me alegro mucho de verte. Estás guapísima.

Cuando estoy llegando a mi sitio, Sonia y Alex están charlando muy acaramelados y Juan Ignacio está más cerca de la pista hablando, riéndose y bailando con una chica que no he visto en mi vida. Necesito irme, pero tampoco quiero montar un numerito. Me acerco a la mesa a por mis cosas, pienso salir a que me del aire y, quizás, si me apetece, puedo irme sin decir nada. Esa tontería de idea, que tal vez pudiera ser una grosería en otro momento, ahora no me suena ni tan mal.

Cuando me dispongo a salir, mi mirada y la de Juan Ignacio se encuentran. Yo me pongo la chaqueta y continúo hacia fuera, pero él viene detrás de mí.

–¿A dónde vas? ¿Estás bien? –me pregunta una vez me he girado.

· · ·

–Sí, sí –le contesto resuelta–. Sólo voy a salir un momentito a tomar el aire. O el humo –digo sonriendo–. ¿Me das un cigarro? Debería empezar a comprar de una vez, al menos para cuando salgo. –Añado mientras me ofrece uno del paquete.

–Gracias, ahora vengo. –Me da un beso con fuerza y me sonríe. Su beso prácticamente me molesta y la sonrisa, directamente, me enfada. Y lo peor es que en este momento no tengo la fuerza para comprender por qué y sólo quiero soltar toda mi rabia sin parar.

Cinco minutos después, el cigarro, como esperaba, no ha servido de mucho más que de hacer tiempo fuera de este escenario que de repente se ha tornado tan dañino. Pero todo puede ir a mejor, de la misma manera que yo puedo ser muy irónica. A los pocos pasos de haber entrado veo que Antonio está con Sonia, Alex y Juan Ignacio. Rápidamente supongo que Antonio ha visto a Sonia y ella, por educación, le ha presentado a los dos chicos con los que iba. No sé a donde ir pero desde luego tengo claro en seguida que no quiero esforzarme más en aparentar, no tengo muchas fuerzas para eso. Así que me voy a la mesa, recupero mi copa y me la termino. Sonia viene hacia mí porque, al parecer, Antonio y Juan Ignacio se han puesto a hablar y no paran. No están muy lejos de nosotras, sin embargo, con la música, no podemos oír qué dicen.

En cuanto nota que el tono entre ellos está cambiando, Sonia se acerca un poco para estar pendiente de lo que pasa. De repente, se empieza a respirar una tensión en el ambiente que va creciendo demasiado rápido hasta que se hace evidente, para media sala, que esos dos se están peleando. No escucho nada de lo que dicen, tengo el cerebro saturado como no recuerdo haberlo tenido nunca antes, pero, aún sin poder escuchar lo que dicen, me alegra ver que Juan Ignacio, al ver que la cosa se está poniendo fea, se traga su rabia y se da la vuelta para largarse de allí. Siento un profundo alivio desenredándoseme desde el pecho hasta los tobillos. Pero un segundo después, cuando sólo ha dado un paso y medio, se vuelve y, sin pensarlo en absoluto, se abalanza sobre Antonio agarrándolo de la camiseta y empujándolo contra una mesa, de la que se derraman todas las copas, que van a parar estrelladas en pedazos en el suelo. Busco rápidamente un sofá que sé que tengo cerca de donde estoy, para sentarme.

Cuando se recupera, Antonio lo agarra por detrás y Juan Ignacio forcejea con él hasta que acaban danzando a ras de suelo, moviendo los brazos como estúpidos y escuálidos luchadores de sumo. Entonces aparecen dos tipos de seguridad y se los llevan a lo bestia.

Me derrumbo al ver sufrir a Antonio. Al ver que está lo suficientemente borracho, además, como para poder defenderse. Y me derrumbo al ver que Juan Ignacio ha sido capaz de ejercer tanta violencia sobre él. Me voy rápidamente hacia fuera en un movimiento que no me parece ni haber decidido yo misma, sino mi inconsciente, en un acto reflejo.

En cuanto salgo, me alejo unos metros de la entrada y dejo caer la espalda sobre la puerta de un coche. En seguida aparecen los dos arrastrados por los tíos de seguridad y aun diciéndose estupideces que yo sigo sin poder descifrar, ni intentarlo siquiera. Cuando Juan Ignacio me ve, viene directo hacia a mí. Pero lo miro fijamente y le pido que se aleje con un gesto. Necesito un respiro. Entonces se sienta en el escalón del portal de enfrente, esperando a que la cosa se calme, pero manteniéndose a mi lado.

Antonio pasa por delante de nosotros, intenta decirme algo pero sólo me mira y pasa de largo. Lleva la camiseta rasgada y tiene sangre en el brazo que se sujeta con la otra mano, como si le doliera. Doy unos pasos para alcanzarlo.

—ANTONIO, ¿estás bien?

—Sí —Se da la vuelta— Será una tontería, no me duele tanto. No te preocupes.

—TE PIDO UN TAXI, no puedes irte así sólo. Acércate al hospital a que te miren. Algún amigo tuyo debería acompañarte… —miro hacia la puerta del Antilla, buscándolos.

—ELIA… —me coge la mano. Yo me quedo absolutamente fuera de lugar. Pero en seguida siento un calor que creía haber olvidado y que me llena entera por dentro—. No sé por qué estoy haciendo esto. —Se saca la cartera del bolsillo de atrás del pantalón, encierra algo en el puño y vuelve a guardarla. —Hace mucho tiempo que llevo esto encima. —Vuelve a cogerme la mano—. Te repito que no sé por qué hago esto ahora. —Abre el puño en el que tiene un aniño que agarra con los dedos de la otra mano, a la vez todavía sujeta la mía. Siento como si estuviera en un lugar familiar y absurdo al mismo tiempo, mirando sus dos manos que sujetan la mía y un anillo.

— QUÉ ES ESTO —digo por fin.

—INCLUSO DESPUÉS DE irte decidí continuar llevándolo conmigo, por si un día nos encontrábamos de nuevo. Elia… —Me mira—. Yo tampoco lo esperaba… —Una lágrima se me derrama, pesada, como si desde mi lacrimal hubiesen volcado un diminuto vaso de agua. Digo que sí con la cabeza. No sé decir si estoy consciente o inconsciente, feliz o infeliz, pero me siento a salvo. Fuera de juego y a salvo.

DESDE MI PARADOJA, miro a mi lado y veo que Sonia acaba de llegar y que me mira con una cara que es casi de horror, de tan desprendida de emociones que la intuyo.

A LO LEJOS veo a Juan Ignacio alejarse a paso constante y siento, perfectamente, como algo se me rompe dentro.

LA DESPEDIDA

$\mathcal{S}$onia ha venido a buscarme a casa justo el día antes de la boda. Hemos estado hasta arriba de trabajo, sobre todo estos últimos meses –porque casarse es un trabajo y, quien diga lo contrario, es que no se ha casado– y no he parado de repetirle que ni se le ocurriera hacer una despedida. No me gustan las despedidas de soltera. Hasta hoy, pensaba que me había entendido y, si como dice, sólo vamos a tomar algo tranquilas, resultará ser cierto que me ha escuchado.

Cuando terminamos de cruzar Plaça Catalunya y cruzamos al comienzo de Las Ramblas, aparecen Damián, David, Albert y mi hermana.

–Qué ilusión me hace ver a Albert. –Le dio en voz baja a Sonia, agarrándome a su brazo–. Aunque está muy guapo y eso no me hace tanta ilusión, porque mañana tengo mi boda y no debería perdérmela. –nos reímos. –Gracias por esto. Esto me gusta. Abrazo a mi amiga y le doy un beso tan fuerte que le dejo la marca de mis labios rojos en la cara.

De la nada aparece Damián y aprovecha para ponerle purpurina sobre la marca de pintura que acabo de dejarle. Todos acabamos con purpurina en la cara, felices atravesando toda la bajada de Las

Ramblas, llena de gente local, turistas y vendedores ambulantes. Entramos en la plaza Real, siempre preciosa –para mí, más aún por la noche–, y nos sentamos en un reservado de una de las terrazas. Han comprado un par de botellas enteras.

–Dijiste que querías algo tranquilo –dice Damián.

Pero la verdad es que me alegro de que lo hayan organizado, lo estoy pasando genial. He pasado mucho tiempo últimamente o bien trabajando, o bien con Antonio. Y, el resto, ocupada en la boda. No me había dado cuenta de que echaba de menos estar sola, sin depender de nadie y rodeada de amigos. Siento el cariño de todos más que nunca. Incluso el de mi hermana, que suelo estar acostumbrada a ubicarlo en otros contextos. Es extraño, pero me siento a salvo. Realmente a salvo.

Casi nos hemos acabado las dos botellas y nos han dado a unas cinco copas cada uno. Vamos bastante bien. Yo estoy contentísima, pero sobre todo me alegro de haber elegido finalmente celebrar la boda por la tarde. Sonia dice que va al baño me pide que la acompañe. Le digo que no tengo ganas, pero me insiste.

Atravesamos las mesas de la terraza hasta llegar al bar, donde me agarra de la mano hasta meterme en el baño con ella.

–Aprovecho y hago pipí –dice mientras se baja medias y bragas, se levanta el vestido y se inclina en el wáter. –Pero te he traído aparte para decirte una cosa. Elia –para de hablar hasta que se termina de colocar la ropa y me mira–, igual no te lo tenía que decir, pero es que creo que lo vas a ver, porque lo tienes en frente.

–Qué pasa –Se me paraliza el pulso. No entiendo por qué, pero mi cuerpo sabe lo que me va a decir.

–Está Juan Ignacio ahí fuera. Como dos mesas más allá, frente a ti, con una chica.

–Para variar –digo intentando hacer que la cosa es normal. –Vamos.

Sonia camina conmigo hasta nuestra mesa como si no pasara nada. Como si ninguna de las dos supiéramos que él está ahí. Nos sentamos, pero diez minutos después no puedo soportar más mis nervios.

–Chicos, yo sé que os lo estáis pasando genial, pero me encuentro súper cansada. Y tengo que estar fresca para mañana. Así que si queréis quedaros, por mí no hay problema.

Todos levantan la voz a la par rogándome que me quede. Pero insisto y al final me comprenden.

–Tranqui, Elia, si es que si no mañana vas a estar reventada. Has currado un montón, tienes mucho estrés encima... hemos echado un buen rato –me sonríe.

–Venga, Elia, no te preocupes, si ya lo que nos queda es nada para acabarnos esto. Nos lo hemos pasado muy bien.

Me aseguro de que todos estén cómodos, sobre todo mi hermana, pero veo que está encantada con Damián. Albert también está genial. Pero, cuando me levanto de mi asiento para irme, me sigue unos pasos detrás y me llama.

–¿Estás bien?

–Todo bien, descuida. Deseando tirarme en la cama y descansar. Aunque me lo he pasado genial, me habéis hecho muy feliz. Gracias.

–Hasta mañana –me abraza y me sonríe.

Saliendo de Plaça Reial en seguida consigo que un taxi pare frente a mí y en seguida me subo. Los nervios comienzan a quedarse atrás nada más arrancar el coche y quedarme yo embobada con las luces de Las Ramblas reflejadas en los cristales. Pero a penas hemos avanzado unos metros, como siempre, a causa del trafico que allí se genera, cuando unos golpes en la ventanilla nos sobresaltan. Cuando lo veo inclinado frente al cristal siento "menos mal" e, indecisa, me bajo del taxi. Pido disculpas al conductor. Le pregunto que si le debo algo, pero, como no para de gritarme, me voy.

Juan Ignacio y yo, de frente de nuevo, nos quedamos en silencio en medio de la acera, mirándonos, mientras la gente, que no tiene ni idea de lo que está ocurriendo aquí, pasa de largo de un lado para otro, a nuestro alrededor.

–Hola –me saluda aún serio.

–Hola –Hago el esfuerzo y pienso, pero me quedo al principio del problema.

Ninguno de los dos es capaz de reaccionar más allá de ese saludo. No sé qué se le estará pasando por la cabeza, pero yo no consigo salir de mi pequeño bucle, así que comienzo a caminar y el me sigue a mi lado. Estamos aquí después de seis meses sin saber nada el uno del otro. Después de seis meses evitando recordarlo, sumida en un estado de calma que, ahora, me hace dudar de si era felicidad aquello, o lo es este momento. Después de seis meses. Mañana me caso con Antonio. ¿Qué estoy haciendo? ¿Qué está pasando?

–He intentado aguantar, pero no podía dejar que te fueras sin despedirme... Sin venir a saludarte –añade tras reflexionar unos segundos. –Lo siento.

–No lo sientas. Ya ves que yo me he bajado del coche también.

–¿Quieres que nos sentemos un momento?

Sin decirle nada, miro a la calzada para cruzar a la acera central de La Rambla y buscamos un lugar donde sentarnos. Nos mantenemos en esa situación que, aún tensa, me provoca una felicidad no tan lejana. Me parece que no quiero moverme ni pronunciar palabra por evitar que se termine. Estoy siendo una inconsciente, pero en cierto modo, estoy completamente lucida para saber que mañana volveremos a desaparecer y, esta vez, para siempre. Poco a poco y en silencio nos calmamos.

–Siento mucho lo que pasó en Antilla. Lo siento de corazón. Fue un momento desagradable y asumo mi culpa. La asumo desde aquel instante en que te vi destrozada sobre el coche.

–No tenemos que hablar de aquello –le digo, segura.

–¿Cómo estás? Mañana es tu gran día –Nunca había visto esa sonrisa vulnerable en su cara.

–Bien –le contesto, intentando que no me afecte–. He estado nerviosa, pero ya está. Supongo que es cuestión de ir dando un paso y luego otro, hasta que las cosas sean. –Asiente con la cabeza y mira hacia el suelo, y mi habilidad para tapar con yeso los silencios incómodos vuelve a aparecer–. ¿Y la chica con la que estabas?

–Pensaba que no me habías visto –Lo miro, sin ganas ni intenciones de hablar. Claro que lo he visto. –Me he ido. Le he dicho que tenía que irme y me he ido.

Juan Ignacio está aquí todavía. Me doy cuenta y me levanto para irme.

–Tengo que irme, Juan Ignacio, estoy cansada y mañana… Mañana me caso –digo finalmente.

–Elia –me llama mientras se levanta–. Cogemos un taxi, yo me encargo. Ahora va a ser difícil y, al fin y al cabo, fui yo el que te hizo a vos bajar del tuyo. Prefiero saber que no hacés el camino sola hasta tu casa.

Caminamos juntos Ramblas arriba sin ver un solo taxi libre y parece que poco a poco nos relajamos. Resulta imposible sostener esta triste sobriedad entre los dos y el corazón me pide disfrutar de este momento, al menos, en paz.

–Me gustaría que esta noche termináramos habiendo conseguido generar y sentir paz entre nosotros.

Me mira sonriendo con cuidado y en seguida retira la mirada. "Espera", me dice. Entonces lo veo indagar entre los enormes maceteros para arrancar unas flores. Cuando tiene unas cuantas, unas moradas, otras amarillas y algunos ramilletes verdes con diminutos capullitos blancos, se agacha. Y con una hoja más larga ata todos los tallos juntos y se acerca a mí.

–Elia –dice con dificultad–. Yo vivo intentando hacer las cosas lo mejor que puedo, te pedirías que confiaras en mí por una vez, y me creyeras en esto. He sido muy feliz este año en Barcelona y tú has sido el núcleo central en torno al culata girado toda esa felicidad. Los dos lo hemos hecho lo mejor que hemos podido. Se nos da bien hacer cosas juntos –Me mira con cara de picardía y yo me escondo debajo de mis párpados, también sonriendo–, pero no solo eso, también nos hemos comunicado bastante bien, ¿no crees?

–Es verdad.

–Pero hay veces que las cosas llegan a un lugar y yo, sobre todo la noche de la pelea, cuando te vi decidir ese dar ese paso tan importante en mi vida, me di cuenta de que a veces puede que no baste con amarse. –Se queda unos segundos en silencio y yo, aun con los ojos vidriosos, mirándolo–. Me di cuenta en este tiempo de que tú necesitas cosas concretas para ser feliz y yo no. O yo necesito otras… Qué se yo. –Me coge la mano y me cierra el puño sobre los tallos que él mismo ha enlazado–. Quiero que seas feliz. Lo deseo, pero también te lo pido, Elia, sé feliz.

Entonces vemos un taxi en verde que se acerca, lo paramos y subimos a él. Desde Plaza Cataluña, lo mejor es llegar hasta la rotonda de su casa por Gran Vía y, desde allí, subir luego hasta la mía.

Sentados en el taxi escuchamos el silencio que nos grita en los oídos. Tengo ganas de llorar. Desearía que el final de este trayecto fuera la mañana junto a él en una cama. Lo deseo con todas mis fuerzas, cobarde, como si de conseguir cumplirlo pudiera eximirme de las culpas que, entonces, habrían sido de la suerte. Estoy derrumbada en el asiento, recta con los brazos a los lados, perdidos de toda postura, cuando noto que me coge la mano con suavidad. Lo miro y me encuentro con sus ojos preocupados, serios. Deseo verlo feliz y hacer desaparecer esa mirada de su rostro. Deseo que todo sea como fue una vez y simplemente desnudarnos para luego caer rendidos. Lo deseo tan fuerte que aprieto los ojos, sin darme cuenta también su mano, y las lágrimas se me derraman.

Juan Ignacio se quita el cinturón, se sienta a mi lado y me rodea los hombros para llevarme hasta su pecho a su pecho. Rompo a llorar en silencio y al ritmo de mi diafragma, acurrucada en su pecho. Sus brazos me aprietan con fuerza y siento su cuerpo rígido, como sostenido en un ligero temblor que más que percibir de verdad, sólo intuyo. Me aprieto contra él y busco transmitirle mi calor acariciando su brazo, al que me encuentro agarrada como si fuera a caer a un precipicio. Por fin lo estoy cuidando, por fin nos estamos queriendo.

El taxi para, de repente, para el mundo en seco con su motor. El sonido alejándose del motor y del silencio llegando se traducen en un vacío frío por todo mi pecho y mi estómago. No quiero salir de ahí, no quiero abrir los ojos. Juan Ignacio me acaricia el pelo, me besa durante dos eternos segundos en la cabeza, apretándome fuerte y asume el rol de ser quien se desprenda de nuestro abrazo.

Cuando escucho el sonido de la puerta cerrarse y siento que el coche avanza, la pena se ha apoderado de mí. Y esa pena se convierte en una energía que consigue levantar mis párpados y mis miembros. Así que abro los ojos y me incorporo hacia delante, a pesar de que todo me pesa desde todas partes, como si yo fuera el centro de la tierra y toda la gravedad recayera sobre mí.

—Por favor, pare —le digo al taxista con contundencia casi en su oído, en un impulso como de resurrección. Sólo hemos avanzado unos metros.

Me bajo del taxi y corro hacia atrás para golpear el cristal del portal de Juan Ignacio, que acababa de entrar en el ascensor y se da la vuelta. Casi paralizado, se acerca hasta la puerta y la abre. Segundos más tarde, me lanzo a sus labios y nos fundimos en un beso de película. Pero que no es de película, sino totalmente real. Flexiona las rodillas para cogerme en brazos, yo lo rodeo con mis piernas y me lleva hasta arriba una vez más.

¿A DÓNDE VAMOS AHORA?

En un primer momento, despierto en el piso de Juan Ignacio como si el resto de mi vida no existiera. El segundo siguiente es un sobresalto que ni siquiera deja espacio para la pena o la pereza.

Miro el móvil y son las doce del mediodía y, de los nervios y el agobio, ni siquiera siento el cansancio que en realidad debe de acumular mi cuerpo. Me levanto de la cama y me visto corriendo. Intentando no hacer ruido y con el bolso, el abrigo y los zapatos en la mano, voy hasta el baño para lavarme la cara, recogerme el pelo y hacer pis antes de irme. Pero cuando llego a la puerta, antes de ponerme los zapatos, me vuelvo, voy hasta la habitación y me quedo parada en la puerta mirando la cama. Sin ser capaz de comprender cómo me siento, me acerco a su lado, me agacho y le acaricio el pelo. Acerco mis labios a la comisura de su boca, donde se juntan los suyos y, ahora sí, pongo todas mis fuerzas en concentrarme en ese momento. Ese último momento en sus labios y desaparezco.

En el ascensor pido un taxi que, cinco minutos después esta en la puerta y, una vez subida en él, busco el número de Sonia.

—¡Tía! ¿dónde estás? —responde, apenas al primer tono de la llamada.

–Voy para mi piso, por favor, ¿puedes tirar para allá? Necesito que me ayudes, no me da tiempo.

–¡Pues claro que no te da tiempo!

–¡Joder, Sonia!

–¡Qué! Sí, sí, sí te da tiempo, venga. En diez minutos estoy allí.

–Vale, perfecto. Yo también. Ahora te veo.

Le doy al taxista un billete de diez euros y, sin preocuparme por la vuelta, me bajo del coche. Sonia está en el portal de mi casa. Subimos corriendo, lo más rápido que podemos. Ella ya está vestida.

–Sonia, tranquila, no quiero que te estropees. Estás perfecta. –La abrazo.

Ella no dice nada. No me dice nada para meterme prisas, por no agobiarme. Tampoco me pregunta nada. Alucino con su entereza, su paciencia, su empatía y su todo conmigo, y agradezco mentalmente a cada segundo cómo me está acompañando.

Mientras me voy a la ducha, ella prepara todo lo que necesito. Viene al baño cada dos por tres a preguntarme cosas. Le pido que me prepare algo de comer.

–Hay café, pon para las dos. Y tengo un poco de pan en la alacena y tomate y queso en la nevera. Hazme un sandwich con eso mismo, que me muero de hambre, por favor. –Me siento con total libertad con ella para pedirle las cosas de esa manera, al tiempo que me siento un también un poco culpable. Pero no nos queda otra que ser más amigas que nunca. No le queda otra, sobre todo a ella.

Cuando salgo de la ducha me lleva un plátano, que me voy comiendo mientras me desenredo el pelo y me peino. Me siento en el water y como, intentando no atragantarme, pero evitando la parsimonia, mientras ella me pone crema en los pies, en las piernas y en los brazos.

–Por favor, Sonia, ten cuidado no te vayas a manchar…

–Tú come y estate quieta, verás como no me mancho.

Mientras me seco, va corriendo a por una silla del salón y la coloca frente al espejo. Me siento y voy secándome el pelo mientras ella prepara el maquillaje. De la base y los polvos se encarga ella, porque yo no lo uso jamás en la vida y nunca sabría cómo habría de colocármelos. Luego yo me pinto los ojos, sólo un poco, con lápiz y rímel, y los labios de un color marrón rosado, muy discreto. Sonia me añade un poco de luz en los pómulos y en los labios.

–Así está bien, Sonia, si me maquillo mucho luego no me reconozco y me muero de la vergüenza.

–Menos mal que me hiciste caso y fuimos a hacernos la manicura permanente, sino hoy aparecemos las dos con garras de peón en vez de manos.

–¿Qué hora es? –le pregunto, pues lo último que querría ahora mismo es ponerme a discutir. Y además no sería justo.

–Son las dos y media.

–¿Ya? Bueno, no vamos tan mal, ¿no?

–No, tranquila. Pero tenemos que salir pronto que tienes que estar allí un poco antes.

–Bueno, la boda es a las cinco. Necesito pararme un poco un momentito ahora cuando acabemos.

–No, no, cariño, pues no podemos. Nos paramos montadas en el coche de camino al campo, que yo no sé ni siquiera si nos encontraremos tráfico o no para salir de Barcelona.

–Vale.

Sonia conduce su coche con precisión, para no cagarla a última hora. Y yo la miro con todo el amor del mundo sin llegar a creerme lo bien que se está portando conmigo. Lo bien que se ha portado siempre. Es la mejor amiga que pudiera tener.

Empiezo a encontrar la calma poco a poco. Y, de la misma manera, poco a poco también me van llegando sensaciones de la noche anterior. Todo lo que ha pasado, todo lo que he sentido, todo lo que hemos hecho Juan Ignacio y yo, cada recoveco de nuestro cuerpo que hemos vuelto a explorar como si fuera la primera vez. No me había dado tiempo a revivirlo todavía y, de repente, se me va el santo al cielo recordando detalle a detalle cada movimiento, cada lágrima. Cada palabra. Aparece Antonio en mi cabeza, es con él con quien voy a casarme.

–¿Cómo estás? –me pregunta, al fin, Sonia.

Quiero a Antonio, ¿cómo no iba a quererlo? Pero me voy a casar y no estoy pensando en él, ni en la boda, que es mi boda. Ni siquiera estoy pensando en mi familia, ni en la comida, ni en los invitados, ni en mi vestido, ni en esta noche. Enumero todas estas realidades obligándome a entender que forman parte de mi futuro más próximo, pero no logro sentir nada.

–Elia, ¿cómo estás?

–No lo sé, Sonia. Estoy nerviosa, pero también estoy feliz.

–Son los sentimientos que, por lo que cuentan, tienen las novias antes de casarse. –No me atrevo a responder a eso–. Elia, háblame, puedes hablarme si quieres, pero yo no pretendo presionarte. Estoy contigo para todo, piénsalo.

–Tengo mucho miedo. Estoy empezando a tener miedo ahora que hablo contigo. –Por eso el cuerpo me frena y me calla. Me impide hablar porque, si digo lo que siento ahora mismo, podría materializarse, hacerse más fuerte en mis ideas. Y eso me da miedo.

–¿No quieres hablar?

–Estoy deseando.

–¿Qué pasó ayer? –Sigo sin poder responder–. ¿Hablasteis de la noche de la pelea?

–No. Él sacó el tema, pero yo no quise que habláramos de ello. ¿Para qué?

–No sé, te hago preguntas y así te ayudo a hablar poco a poco. Me preguntaba si habríais solucionado aquel conflicto pendiente, sin más, como forma de quedar en paz, quizás.

–Eso le dije. Y creo que quedamos en paz. Ah, sí, ahora que me acuerdo él me pidió disculpas por lo que hizo.

–¿Te pidió disculpas?

–¿Por qué te extrañas? Casi le rompe el brazo a Antonio y ni siquiera lo conocía de nada. Creo que es lógico que se haya dado cuenta de que para mí era alguien importante y que se comportó como un estúpido.

–Bueno, yo creo que lo primero es que sólo lo empujó de la rabia, se contuvo, ni siquiera le pegó. Y lo segundo es que Antonio bien que se lo merecía, ¿no crees?

–¿Por qué? Estaba borracho…

—Bueno, Elia, con lo íntegra que tú eres… Una cosa es ir borracho y otra muy fuerte las cosas que acabó diciendo. Vamos, yo soy Juan Ignacio y no me quedo en ese empujoncito, la verdad. —No sé de qué me está hablando—. A ver, que yo siempre respeté tu decisión, ¿eh? Yo confío en ti y sé que, lo que haces, lo haces con cabeza. Pero me encajaría más, viniendo de ti, que por lo menos reconocieras los acontecimientos y agradecieras a Juan Ignacio cómo te defendió. Para mí su manera de reaccionar significó mucho.

—Sonia, por favor, no sé de qué me estás hablando. Sé clara. Yo no tengo ni idea de lo que pasó esa noche. No me enteraba de nada. Estaba saturadísima, me encontraba mala de los nervios y mis oídos mismos creo que se negaban a escuchar.

—No me lo puedo creer.

—¡Por favor!

—¡Vale! Es que es un poco fuerte, pero piensa que fue entonces, en otras circunstancias, además de borracho y en caliente, cuando Antonio dijo esto. —Cada vez siento la cabeza más despejada sin haber escuchado nada todavía—. Antonio dijo algo así como "vete con la puta esa, que sois los dos unos desgraciados". No estoy segura, Elia, fue algo muy grosero y muy desagradable, pero no lo recuerdo bien.

Me quedo de piedra. No me puedo creer que todo esto pasara y yo, como una idiota, y solo por mis miedos y mi cobardía, me fui detrás de Antonio. Por muy borracho que estuviera, ¿cómo se le ocurre decir eso?

—Sonia, vamos a dar la vuelta.

—¿Cómo?

—Por favor ven conmigo.

—Pero ¿a dónde?

—Al piso de Juan Ignacio, donde está ahora. Luego iremos al sitio de la boda, juntas también, por favor. Y no sé cómo lo haremos… No sé qué diremos ni qué haremos, pero tendremos que ir. ¿O no? ¿Podemos no ir?

Sin decir nada, a punto de salir ya a la autovía, Sonia da un volantazo en la calle siguiente y cambiamos el rumbo. Se limita a preguntarme la dirección y a decir una y otra vez que estamos locas. Me encanta que diga "estamos", en plural. Pero es verdad que lo estamos. Me siento muy feliz, a pesar de ser consciente de la gran cagada que estoy cometiendo conscientemente y del abismo que me espera delante. Solo pienso en Sonia y en Juan Ignacio. Son las únicas cosas en las que quiero pensar.

Aparcamos en la puerta y llamamos, pero no nos responde, sólo se limita a abrirnos la puerta. Cuando subimos arriba y llamamos al timbre, tengo el estómago cómo una feria de resaca. Me encantaría poder sentarme a descansar, pero estoy en otra y medio eufórica.

Al abrirse la puerta, la aparición de un señor de unos setenta años nos deja un poco perplejas. Miro a Sonia y encuentro su gesto impasible.

–Hola ¿nos habremos equivocado? –Digo simpática–. ¿No vive aquí Juan Ignacio?

–¿El chico argentino? El chico argentino se acaba de marchar para el aeropuerto.

–Pero si ayer me dijo que aún le quedaba un examen esta semana. Precisamente por eso se había quedado.

–No sé por qué se habría quedado, pero por eso no era porque el master lo terminó, que yo sepa, hace dos semanas ya.

–¿Me permite que entre un segundo? Quería recoger algo, tal vez me lo ha dejado aquí.

Me acerco a la ventana donde hace sólo escasas horas dejé el ramillete de flores que me había regalado. Lo agarro con ambas manos que apoyo sobre mi vestido blanco, a la altura de mi obligo. Desde el cristal de la ventana observo la torre Agbar elevarse en su explanada, y las torres y grúas de La Sagrada Familia asomar de entre los edificios al fondo, todo está cubierto de la luz de una tarde extraña y desolada. Sólo siento llegar el brazo de Sonia que me abraza por la cintura y su cabeza apoyándose en mi hombro.

UNAS PALABRAS FINALES

Espero que hayas disfrutado de mi novela así como yo disfrute escribiéndola para ti mi querida lectora, pero esto no termina aquí, me gustaría saber tu opinión y también que me puedas ayudar dejando una review en el libro en el siguiente enlace:

Las reviews positivas me ayudan a mejorar y a seguir dedicándome a la escritura la cual es mi pasión desde muy pequeña.

También puedes inscribirte a mi club de lectores más íntimos, donde comparto promociones, descuentos de mis libros y también puedes inscribirte para recibir copias de las novelas antes de que sean publicadas en Amazon.

Inscríbeme a tu lista de lectores VIP
http://eepurl.com/c_Z_FT
facebook.com/oliviasaintautora

Por último, siéntete libre de contactarme a
oliviasaint.autora@gmail.com